후아유

조진행 판타지 장편소설

FANTASY STORY & ADVENTURE

4

dream books
드림북스

후아유(Who are you) 4
KEF(Korea Extreme Force)

초판 1쇄 인쇄 / 2011년 2월 24일
초판 1쇄 발행 / 2011년 3월 4일

지은이 / 조진행

발행인 / 오영배
편집장 / 허경란
편집 / 신동철, 문보람, 오미정, 윤상현
본문 디자인 / 신경선
펴낸 곳 / (주)삼양출판사 · 드림북스

주소 / 서울특별시 강북구 송천동 322-10호
대표 전화 / 02-980-2112 팩스 / 02-983-0660
편집부 전화 / 02-980-2116 팩스 / 02-983-8201
블로그 / blog.naver.com/dreambookss

등록번호 / 제9-00046호
등록일자 / 1999년 3월 11일

값 9,000원

ISBN 978-89-542-4107-6 04810
ISBN 978-89-542-4103-8 (세트)

* 지은이와 협의하에 인지는 생략합니다.
* 잘못된 책은 구입한 곳에서 바꾸어 드립니다.

Adventure

후아유

4

조진행 판타지 장편 소설

FANTASY STORY & ADVENTURE

KEF (Korea Extreme Force)

dream books
드림북스

Who are you

후아유

4 KEF(Korea Extreme Force)

Contents

제1화

당신은 누구십니까?

처음 강유진이 실려간 곳은 근처에 있는 신촌세이브대학병원이었다. 세이브대학병원에서 응급수술을 마친 강유진은 곧바로 서울대학병원으로 옮겨졌다.

연고자가 없는 강유진이 서울대학병원으로 옮겨진 것은 신은미의 힘 덕분이다. 신은미의 부친이 서울대학병원 외과과장이었던 것이다.

신은미는 거의 매일 병원을 방문했다.

부친인 신철호가 부모가 아플 때보다 더 들여다본다고 투덜거릴 정도였다.

하지만 신은미의 지극정성에도 불구하고 강유진의 상태는 호전되지 않았다. 운 좋게 총알은 심장을 비껴갔지만 과다출혈과 쇼크로 혼수상태에서 깨어나지 못했다.

크리스마스가 지나자 신은미는 다시 병원을 찾았다.

그리고 여느 때와 같이 부친과 함께 강유진이 있는 중환자실로 향했다.

딸과 함께 복도를 걷던 신철호 박사가 놀리듯 말했다.

"쯧쯧, 크리스마스부터 안 오기에 이제 정신 차렸나 했더니…… 다시 행사를 시작한 거냐?"

"쳇! 남이야 다시 행사를 시작하건 말건요. 근데 아빠, 그 오빠 괜찮겠죠?"

"어허! 이놈 봐라. 오빠가 뭐야? 그 남자 나이가 35살이더라. 결혼까지 하고 이혼한 남자한테 이제 20살밖에 안 된 게 무슨 오빠야?"

"아이고, 아빠가 세상을 모르시네. 요즘은 열 살, 스무 살 차이가 나도 개인적으로 친해지면 다 오빠인 거예요. 게다가 그 오빠 얼굴 좀 봐요. 이제 이십 대 초반으로 보이는데."

"어허! 개인적이라니? 너 그 남자와 그렇게 친해?"

"친한 게 어때서 그래요? 그 오빠 진짜 착해요. 아빠가 아직 몰라서 그렇지……."

"모르는 건 너야, 이 녀석아. 그 남자 가슴에서 총알이 나왔어. 총상 환자는 경찰에 신고하게 되어 있는 건 알지? 세이브대학병원에서 벌써 신고했다고 하더라."

"피해자가 무슨 죄가 있다고……."

신은미가 입술을 삐죽 내밀었다.

"평범한 사람이 왜 시내에서 총을 맞아? 범죄와 관계된 남자일 수도 있어. 그러니까 너무 나대지 말아."

"아는 오빠가 테러를 당해서 병원에 데리고 간 게 왜 나대는 거예요? 죽어가는 사람 구했으니까 모범시민으로 상을 받아도 부족한데……."

"어휴, 원수."

신철호 박사가 고개를 저었다.

딸의 입을 당할 재간이 없다. 게다가 딸이 상을 받아야 할 정도로 대단한 일을 한 건 사실이었다. 딸의 응급조치가 아니었다면 남자는 병원으로 가던 응급차 안에서 사망했을 테니 말이다. 흉부에 총상을 입고 살아난 건 운도 운이지만, 딸의 응급조치가 뛰어났기 때문이다.

"그러게 의대를 가라니까……."

자신이 보기에 딸은 타고난 외과의였다. 머리도 좋고, 강심장에, 판단력까지 뛰어나다. 게다가 위기 대처 능력은 어지간한 남자보다 더 대단하다. 그런 신은미가 선택한 것은 뜻밖에도 조소(彫塑)였다. 덕분에 대대로 의사 집안에 예술가가 하나 나올 참이다.

"아빠, 나 피만 보면 가슴이 벌렁거린다니까요."

"이놈아, 피 보면 누구나 가슴이 벌렁거려. 나도 지금까지 가슴이 벌렁거리는데."

"난 그런 스트레스를 안고 살아갈 자신이 없다니까요."

"누가 뭐래냐? 그냥 재주가 아깝다는 거지. 그렇지 않아도 외과의가 부족한 나라인데……."

"아빠가 후진양성을 잘하시면 되잖아요. 조소과는 뭐 사람이 넘치는 줄 아세요? 예술가에게도 척박한 세상이라고요."

"아, 누가 뭐래?"

신철호 박사가 짜증스럽게 대답했다.

"흥! 갑자기 왜 짜증을 내고 그래요? 품격 떨어지게."

"아, 네. 품격 좋죠. 품격 아시는 분이 나이 먹은 아저씨를 졸졸 따라다니세요?"

부녀(父女)가 토닥거리며 병실에 도착했을 때다.

병실 문이 열리며 중년남자가 나왔다.

신철호 박사가 의아한 눈으로 남자를 바라보았다.

입원 후부터 단 한 사람의 방문자도 없던 환자를 찾아온 사람이 있다니? 게다가 여기는 중환자실이다. 아무나 출입할 수 없는 곳이다.

중년남자가 신철호 박사를 향해 웃으며 말했다.

"경찰청에서 나왔습니다. 이극렬입니다."

말과 함께 이극렬이 신분증을 꺼내 앞으로 내밀었다.

무심코 신분증을 확인하던 신철호 박사가 놀란 눈으로 상대를 다시 보았다. 무궁화가 두 개인 경감이다. 총격 사건이라서 높은 자리의 사람이 나온 모양이다.

"경감님이시군요. 저는 이곳의 외과과장입니다."

이극렬 경감이 웃으며 고개를 끄덕였다.

"예, 알고 있습니다. 그리고 옆에 계신 숙녀분께서 최초 신고자이시자 따님이시죠?"

신은미가 놀란 눈으로 대답했다.

"네, 어떻게 아셨어요?"

"경찰이니까요."

"아, 네……."

이극렬 경감의 말에 신은미가 어색하게 화답했다.

허무개그도 아니고 경찰이라서 알았다니? 하지만 더 물어보고 싶은 마음은 없었다. 어차피 자신을 조사하기 위해 나온 사람이니 피차 알아볼 기회는 많았다.

두 부녀를 바라보던 이극렬 경감이 신철호 박사에게 물었다.

"박사님, 환자의 상태는 어떻습니까?"

신철호 박사가 툴툴거리고 있는 딸을 힐끔 바라본 뒤에 차분히 말했다.

"아직 혼수상태인 것으로 보여집니다. 현재 산소호흡기를 부착하고 있는데…… 이대로 상태가 호전되지 않으면…… 뇌사로 진행될 수도 있습니다."

"뇌사요?"

이극렬 경감이 놀란 눈으로 신철호 박사를 바라보았다.

"그렇습니다. 담당의는 내일 뇌파와 뇌간반사(腦幹反射)를 검사하겠다고 하더군요. 현재 환자는 동공이 풀려 있고, 자발호흡을 할 수도 없습니다. 여기에 삼십 분 이상 평탄뇌파가 지속되고, 뇌간반사도 소실되었다면…… 뇌사상태라고 할 수 있습니다."

뇌간반사는 광반사(光反射: light reflex), 각막반사(角膜反射: corneal reflex), 안구두부반사(眼球頭部反射: oculo-cephalic reflex), 전정안구반사(前庭眼球反射: vestibular-ocular reflex), 모양체척수반사(毛樣體脊髓反射: cilio-spinal reflex), 구역반사(嘔逆反射: gag reflex), 기침반사(cough reflex)를 일컫는 말이다.

뇌사 판정은 그렇게 종합적인 검사를 몇 차례 반복한 후에야 겨우 내릴 수 있는 것이었다. 한 사람에 대한 사망선고이니 신중할 수밖에 없는 것이다.

"허어, 뇌사라니……."

이극렬 경감의 입에서 한숨이 흘러나왔다.

강유진과 같은 초인이 뇌사에 빠질 수도 있다니? 믿어지지 않는 현실이었다.

신은미가 툴툴거리며 말했다.

"오빠가 그 정도까지 가지는 않을 거예요. 의사 선생님들은 원래 극단적으로 말하는 경향이 있잖아요. 저 오빠가 어떤 오빤데…… 말도 안 돼.”

“…….”

다소 버릇없는 딸의 말에도 신철호는 화를 내지 않았다. 딸이 느끼는 고통을 이해하기 때문이다. 아는 사람이 -그것도 지극정성으로 보살피던 남자가- 뇌사상태에 빠질 수도 있다는 말을 들었으니 흥분할 법도 하지 않은가?

이극렬 경감이 굳은 표정으로 고개를 끄덕였다.

“저도 그렇게 생각합니다. 강 선생님은 보통 사람이 아니니까요.”

“…….”

그런 이극렬 경감의 말에 신철호 박사가 고개를 갸웃거렸다.

상대의 말속에서 존경과 조심스러움을 느낀 탓이다. 아무리 생각해도 고작 35살의 남자에게 보일 수 있는 태도가 아니었다.

“저 남자는 어떤 사람입니까?”

신철호 박사는 굳이 호기심을 감추지 않았다. 어쨌든 하나뿐인 딸과 친한 남자이기 때문이다.

“강 선생님은…… 스낵카의 사장입니다.”

“아, 네…….”

신철호 박사가 떨떠름한 표정으로 고개를 끄덕였다.

스낵카 사장에게 선생님이라고 하는 경감이 대한민국에 있을까? 뭔가 숨기고 싶은 게 있는 모양이다. 신철호 박사는 더 이상 남자에 대해 묻지 않았다.

"그럼 저는 환자의 상태를 좀 봐야겠습니다."

신철호 박사가 중환자실의 문을 열고 안으로 들어갔다.

남겨진 신은미에게 이극렬 경감이 말했다.

"신은미 양, 지난 20일에 목격자 진술을 하셨더군요. 몇 가지만 물어봐도 괜찮겠지요?"

"네, 그런데 그날 경찰서에서 거의 다 말했는데……."

신은미가 인상을 가볍게 찌푸렸다. 앞으로도 경찰이 계속 찾아온다면 좀 곤란하다는 생각에서다.

"경찰에서는 제가 마지막이 될 겁니다. 총격 사건이 없는 나라인지라 놀란 사람들이 좀 많거든요. 더구나 시내 한복판에서……."

"응? 경찰 말고 또 누가 올 수 있다는 말인가요?"

이극렬 경감은 잠시 머뭇거렸지만 끝내 대답하지 않았다. 국정원에서 관심을 가지고 있다는 말은 차마 해줄 수가 없었다. 그건 월권행위나 마찬가지였다.

"깊이 생각하지 마세요. 더 이상 경찰은 방문하지 않을 거라는 뜻입니다."

"아, 네."

"평소 스낵카를 자주 가셨나요?"

"네. 자주 갔어요."

"얼마나 자주?"

"거의 매일 들렀을 거예요. 스낵카가 나오는 날이면 빼놓지 않고 갔으니까요."

"그럼, 분위기를 잘 아시겠네요. 사건 당일 스낵카 주변에 불량배나…… 좀 질 나빠 보이는 사람들이 보이던가요?"

"전혀요."

"알겠습니다. 감사했습니다."

이극렬 경감이 고개를 꾸벅였다.

신은미가 눈을 끔뻑이며 물었다.

"끝인가요?"

"네, 많은 도움이 됐습니다."

"아, 네……."

신은미가 알쏭달쏭한 표정으로 이극렬 경감을 힐끔거렸다. 고작 그 한마디가 끝이라니 믿어지지 않았던 것이다.

"그런데요, 유진 오빠는 뭐하는 사람이에요?"

"스낵카 주인이잖습니까?"

이극렬이 당연한 질문을 왜 하냐는 듯 되물었다.

"그건 그런데……."

신은미가 말끝을 흐렸다.

단지 스낵카 주인이 싸움도 잘하고 총까지 맞았다니 어쩨 이상해서다. 하지만 그런 말을 경찰에게 할 수는 없었다. 강유진을 보호해야 하기 때문이다.

잠시 후 신철호 박사가 중환자실의 문을 열고 나왔다.

"어떻습니까?"

이극렬 경감의 물음에 신철호 박사가 고개를 흔들었다. 차도에 변화가 없다는 뜻이다.

"예정대로 내일 뇌파와 뇌간반사를 검사해야겠습니다."

"……."

신은미나 이극렬 모두 말이 없었다. '내일이면 뇌사인지 아닌지 판명이 난다' 고 생각하니 암울했던 것이다.

잠시 머뭇거리던 신은미가 중환자실의 문을 열고 안으로 들어갔다.

신철호는 말리지 않았고, 이극렬도 막지 않았다. 뇌사 판정을 받기 전에 마지막으로 얼굴이라도 한번 보게 내버려 두자는 생각에서다.

*　　*　　*

다음 날 신은미는 강의가 끝나자마자 병원으로 향했다. 뇌파검사와 뇌간반사의 결과가 궁금해서다. 병원으로 가는 내내 신은미는 기도를 했다. 딱히 종교가 없는 신은미인지라 부처, 예수, 알라

등 평소 알고 있던 이름들을 다 찾았다.

외과병동으로 들어가자마자 신은미는 곧장 신철호 박사의 사무실로 찾아갔다. 다른 곳에 가서 물어봤자 절차만 따지고 들지 제대로 알려주지 않을 게 뻔했기 때문이다.

똑똑.

신은미는 노크를 하자마자 대답을 기다리지도 않고 안으로 들어갔다.

"아, 놀래라. 쯧쯧!"

조용히 뭔가 들여다보던 신철호 박사가 혀를 찼다. 다 큰 딸이 병원에서 어린아이처럼 행동하는 게 영 못마땅했던 것이다.

그러거나 말거나 신은미가 물었다.

"아빠, 검사했어요?"

"뭘?"

"오빠요."

"그 사람이 네 오빠냐?"

"네."

"야…… 진짜 기가 막히고 코가 막힌다. 나랑 네 엄마가 언제 그런 아들을 낳았다고 오빠래?"

"흥! 낳아야지만 오빠예요? 결과는 어떻게 나왔어요?"

고개를 설레설레 젓던 신철호 박사가 눈썹을 찡그리며 말했다.

"그게…… 좀 이상하구나."

"안 좋아요?"

"좋고 안 좋고를 떠나서…… 이상해서 말이지."

"뭐가요?"

잠시 망설이던 신철호 박사가 짧게 말했다.

"일단 결론부터 말해주마. 뇌사는 아니다."

"와아! 거봐요. 보통 오빠가 아니라니까요!"

한참 동안 손뼉을 치며 좋아하던 신은미가 고개를 갸웃거렸다.

"그런데 뭐가 이상해요? 뇌사가 아니면 좋은 거지."

"음…… 뇌간반사에서도 아무런 반응이 없었다. 그래서 뇌파검사를 하는데…… 이상해, 이해가 안 가."

"뭐가요?"

"의식이 각성(alert) • 기면(drowsy) • 혼미(stupor) • 반혼수(semicoma) • 혼수(coma)의 순서로 장애가 나타나고, 그 역순으로 회복된다는 것쯤은 알고 있겠지?"

"아빠가 그렇다니 그런 거겠죠."

"뇌파검사 결과 환자는 아직 코마야, 혼수상태라는 말이지."

"응? 계속 혼수상태예요?"

"그래…… 이것만 아니면 뇌사라고 판정해도 이상할 게 없는데……. 너도 들어봐라."

말과 함께 신철호 박사가 컴퓨터에 저장되어 있던 파일 하나를 재생시켰다.

"……AIRE KALI DU AKUM……."

스피커를 통해 알 수 없는 말들이 조용히 흘러나왔다.

신은미가 놀란 눈으로 부친을 바라보았다.

"아빠? 이거 오빠가 한 말이에요?"

"그래. 뇌파검사 중에 중얼거리는 것을 녹음한 거다. 대략 오 분 정도 뭐라고 중얼거렸는데 아쉽게도 칠 초 분량밖에 녹음이 안 됐다."

혼수상태의 환자가 말을 하는 바람에 당황해서 녹음이 늦어진 것이다. 검사 중이던 의사와 간호사 모두가 놀라서 녹음기를 찾아다닌 게 원인이다. 의료진이 조금만 더 침착했더라면 휴대전화로 더 많은 말을 녹음할 수 있었을 것이다. 하지만 그 당시는 그럴 경황이 없었다.

"이건 어느 나라 말이에요? 그 오빠 외국에서 살다 왔나 보네."

"그게…… 외과병동 의사들이 반나절 동안 이리저리 알아봤지만 외국어가 아니라고 하더라."

"에? 그럼 뭐예요? 그냥 혼수상태에서 한 의미 없는 소리인가?"

"그렇다고 하기에는 발음과 음절이 너무 분명하지. 최 박사는 아무래도 '제노글로시(Xenoglossy)' 현상 같다고 하긴 하던데……."

"그게 뭐예요?"

"잡지책의 가십(gossip) 거리로나 다뤄질 이야기인데…… 사람이 자신도 모르게 외국어를 유창하게 말할 수 있는 능력을 일시적으로 갖게 되는 현상이다. 큰 사고나 중병을 앓고 난 사람에게 갑자기 그런 현상이 생긴다고 하던데…… 믿을 수가 있어야지. 최 박사야 워낙 그런 얘기들을 좋아하니까 그렇다고 주장하고 있지만…….”

“최동혁 박사님요?”

“그래, 우리 집에도 종종 놀러 오는 안경 낀 양반 있지 않니.”

“최 박사님은 정신과의잖아요?”

“하도 답답해서 내가 점심때 불렀었거든.”

“에이, 몰라. 어쨌든 뇌사는 아니라는 거죠?”

“그래, 아니다. 됐냐?”

“그런데 왜 안 깨어나요?”

“그걸 모르니까 답답한 거 아니냐.”

“알았어요. 그 오빠 아직 중환자실에 있는 거예요?”

중환자실에 있다면 함부로 찾아가 볼 수 없으니 묻는 것이다. 아무리 연고자가 없는 강유진의 보호자를 자처하고 있다고 해도 중환자실을 드나드는 건 눈치가 보이는 일이었다.

잠시 생각하던 신철호 박사가 한숨을 길게 내쉬며 말했다.

“하아! 아니다. 그 이상한 말을 하고 난 뒤로 자발호흡이 가능해져서…… 지금은 병실을 옮겼다.”

“옮겨요? 어디로요?”

"특실."

"에? 특실요? 거긴 무진장 비싸잖아요. 아빠 이름 팔아서 겨우 입원시켰는데, 아빠가 그리로 보냈어요? 와아! 구두쇠 아빠가 웬 일이시래?"

"미쳤냐? 내가 알지도 못하는 남자를 특실에 입원시키게. 하루 입원비가 얼만데."

"응? 그럼 누가?"

"어제 왔던 그 경찰이랑 엔터프라이즈 호텔 쪽의 사람이 와서 입원 수속했다. 그 남자 도대체 뭐하는 사람이냐?"

신철호 박사가 딸의 얼굴을 바라보았다.

대체 누구기에 하루 입원비가 160만 원이나 되는 특실로 모셔 가는지 궁금했던 것이다. 그것도 고위직 경찰과 호텔의 임원까지 나서서 말이다.

"전에 말했잖아요. 학교 앞 스낵카 사장이라고."

"거 이상하네. 스낵카 사장이 어떻게 우리 병원 특실에 입원을 해? 게다가 엔터프라이즈 호텔의 이사는 왜 나서고?"

"그건 저도 모르죠."

"하여튼 너 병문안 가거든 좀 잘 지켜봐 봐. 그 남자 또 이상한 말 하는지."

"헤에~ 제가 그 오빠 만나는 거 찬성하는 거예요?"

"의식 없는 사람을 만나는 건 문제가 안 되지."

“그 오빠 깨어나면요?”

“그때는 당연히 안 된다. 이제 20살짜리 아가씨가 35살 아저씨와 만나? 그건 원조교제나 마찬가지야. 범죄라고.”

“쳇! 괜히 이상한 쪽으로 생각하셔. 누가 그 오빠랑 사귀기라도 한데요?”

“아니면 좋은 거고.”

“피이! 갈래요.”

신은미가 자리에서 벌떡 일어섰다.

“지금 병실에 갈 생각이면 휴대전화 잘 이용해라. 요즘은 녹음은 물론 동영상 녹화도 된다면서? 아침에 녹음기 찾는다고 난리치느라 몇 초 녹화도 못 했다. 쩝…….”

“흥! 누구 좋으라고요.”

신은미가 사무실 문을 쾅 소리가 나도록 닫고 나갔다.

고개를 절레절레 흔들던 신철호 박사가 다시 재생 버튼을 눌렀다.

기묘한 언어가 흘러나왔다. 몇 번을 들어봐도 의미 없는 신음이나 헛소리가 아니다. 뜻이 분명한 언어다. 대체 그 남자에게 무슨 일이 일어나고 있는 것일까?

*　　*　　*

강유진이 조심스럽게 눈을 떴다.

분명히 피를 콸콸 쏟아내며 쓰러졌는데, 지금은 빛으로 가득한 홀에 서 있었다. 널찍한 홀의 벽은 우윳빛으로 은은하게 빛나고 있다.

강유진은 우직하게도 고개를 들어 하늘을 바라보았다.

역시나 하늘은 보이지 않았다.

대신 하얗게 빛나는 지붕이 있었다.

다시 한 번 주위를 천천히 둘러보았다. 사방이 막힌 곳이다.

그래도 은은한 빛 때문일까? 답답하거나 막혔다는 느낌은 들지 않았다. 오히려 아늑하고 포근해서 자리를 잡고 눕고 싶을 정도였다.

곧이어 정면에 한 여자가 나타났다.

사방이 막힌 홀에 여자가 어떻게 들어왔는지 궁금하지 않았다.

여자보다는 오히려 이런 공간 자체가 납득하기 어려웠다. 게다가 여자는 아는 얼굴이었다.

“당신은 흑탑의?”

강유진의 물음에 여자가 웃으며 고개를 끄덕였다.

“그래요, 마침내 당신과 대화를 나눌 수 있게 되었군요.”

“여기는 어디죠?”

“이곳은 당신의 의식이 머무는 곳이에요.”

“내 마음이라는 뜻인가요?”

"그래요. 이곳의 주인은 내가 아니라 당신이죠."

"내 속에 이렇게 깨끗한 곳이 있었다니 믿어지지 않는군요."

"훗……."

여자가 입을 가리고 웃었다.

잠시 후 강유진이 여자에게 물었다.

"전부터 궁금했습니다. 당신은 누구십니까?"

"그건 오래되고도 익숙한 질문이군요. 당신은 누구십니까? 나~는……."

여자가 동요를 불렀다.

어린 시절 친구들과 손을 잡고 부르던 바로 그 노래다.

뿐만 아니다.

홀의 중앙에 코흘리개 시절의 친구들이 하나둘씩 솟아났다.

아이들이 '당신은 누구십니까?' 라는 노래를 불렀다.

"나~는……."

아이들의 청량한 음성이 단숨에 사라졌다.

여자가 담담한 음성으로 말했다.

"타이탄이 가지고 있던 신성력의 원천이자 엘의 의지예요."

"그렇군요."

강유진은 놀라지 않았다. 타이탄에게 신성력이 있다고 했을 때, 어렴풋이 엘과 관계된 것이리라 생각하고 있었다.

"엘이 당신의 이름인가요?"

"이게 본래 내 모습이 아니듯, 엘은 나의 이름이 아니에요. 내 이름은 당신이 들을 수도 없고, 들어도 알지 못해요."

"신(神)……이라서 그런 건가요?"

초고대인들에게 엘은 신이었다. 엘에 관한 전이해(前理解)가 있었기에 신이냐고 물은 것이다.

"당신은 확실히 카론과 다르군요."

"무엇이 다르다는 거죠?"

"카론이라면 감히 그런 질문은 하지 못했을 거예요."

"제가 잘못한 건가요?"

"후후, 아니에요. 카론은 엘을 창조신으로 믿었으니까, 그것과 관계된 어떤 질문도 입 밖에 내지 않았을 거라는 뜻이에요."

"……."

강유진이 고개를 갸웃거렸다. 여자의 말속에서 묘한 느낌을 받았기 때문이다.

그런 마음을 확인시켜 주듯 여자가 말했다.

"그래요. 나는 신이 아니에요."

"그럼?"

"언젠가 이걸 보여주게 될 날이 올 줄 알았어요."

여자가 손을 뻗었다.

하얗게 빛나던 방에 어둠이 깃들었다.

그리고 암흑의 공간에 별들이 하나씩 떠올랐다.

"고대 종족이 연구하던 마법이든, 당신 시대의 과학이든 그것의 출발은 호기심이죠. 생명을 분해하면 근원을 알 수 있고, 땅과 바닷속을 파고들면 언젠가 바닥에 닿게 되지요."

하나의 행성이 확대되는가 싶더니 바다와 육지가 나타났다. 곧이어 육지에서 뛰어놀던 형형색색의 동물들이 갈라지고 분해되기 시작했다.

동물은 세포로, 다시 핵과 그 뒤로 -강유진이 이름도 알 수 없는 형태의- 서너 개의 단계를 거쳤다가, 최종적으로 작은 점 하나에서 끝이 났다.

"생명현상의 시작과 끝을 규명할 수 있게 된 우리는 하늘 저 너머도 끝이 있을 거라고 믿었어요. 그래서 고향을 떠났죠."

"우주?"

"그래요. 우리는 우주의 끝에 다다르고 싶었답니다. 당신들이 말하는 우주의 암흑에너지 끝에 무엇이 있는지, 우리도 궁금했거든요."

여자의 말과 함께 점은 다시 십여 단계를 거쳐 세포로, 세포는 동물로, 동물은 육지로, 육지는 행성으로 확대되며 멀어져 갔다.

그리고 별들이 흐르기 시작했다.

"우리는 기억할 수 없는 시간 동안 우주를 떠돌았어요. 그리고 마침내 우주의 끝이라고 여겨지는 곳에 도착했지요."

흐르던 별이 멈췄다. 곧이어 눈에 익은 행성이 보였다.

강유진이 눈을 찡그렸다.

태양과 지구가 보였기 때문이다.

하지만 태양계가 우주의 끝일 리가 없지 않은가?

"우리는 우주를 여행하는 도중에…… 당신의 개념으로는 진화를 했어요. 덕분에 육체를 떠나 존재할 수 있게 되었죠. 당신이 알고 있는 다섯 차원의 지적에너지처럼 말이죠. 하지만 아쉽게도 여기는 우주의 끝이 아니었어요."

"지구인가요?"

"그래요. 이 별에 도착했을 때 우리는 지쳐 있었어요. 우리가 고향을 떠난 목적도 잊어버렸죠. 정말 오랜 시간이었거든요. 우주가…… 우리의 호기심과 존재 의미까지도 삼켜 버렸던 거예요. 진화하지 못했다면…… 우리는 끝없는 어둠 속에서 소멸해 버렸을지도 몰라요."

…….

여자는 잠시 말을 멈췄다.

태양을 중심으로 아홉 개의 별이 천천히 돌아갈 뿐이었다.

"목표를 잃어버리고 방황하던 우리는 다시 처음으로 돌아가기로 했어요. 때마침 드넓은 우주에서 고향과 닮은 별을 발견한 건 행운이었는지도 몰라요. 그것은 믿어지지 않을 만큼 고향과 닮았었답니다. 우리에게 그건…… 계시와 같았어요."

지구가 천천히 확대되기 시작했다.

"그래서 타이탄과 여러 종족을 만들었죠."

"……."

강유진이 놀란 눈으로 여자를 바라보았다. 신이 아니라고 하더니, 창조신이라고 고백하는 것과 다를 비가 없지 않은가?

하지만 여자는 담담한 표정이었다.

"새가 하늘을 나는 것이나 물고기가 물속에서 사는 것은 기적이 아니지요. 우리에게 창조의 능력이 있는 것도 그런 거라고 생각하세요."

"그래도……."

"인간이 양과 개와 돼지를 복제할 수 있다고 해도…… 신이 될 수는 없잖아요. 우리도 마찬가지예요. 우리에게는 단지 그런 능력이 있었던 것뿐이랍니다."

"……신은 있습니까?"

"후후, 당신이 말하는 신의 개념은…… 우리와 달라요. 그래서 단지 '있냐? 없냐?' 로 묻고 답할 수 없어요."

"……."

"옛날 이야기로 돌아가서…… 우리는 다시 실패했어요. 이미 알고 있겠지만 다른 종족들이, 엘의 의지를 이은 타이탄을 거부한 거예요. 그건 우리를 거부한 것이나 같았죠. 우리는 타이탄이 우주의 신비를 풀기를 바랐는데…… 그전에 모두 죽고 말았어요."

"그래서 세상을 멸망시킨 겁니까?"

여자가 묘한 시선으로 강유진을 바라보았다.

"애써 창조한 세계를 멸망시킬 정도로 우리는 감상적이지 않아요. 세상을 멸망시킨 것은……."

무슨 생각에서인지 여자는 더 이상 말하지 않았다.

강유진은 집요하게 물고 늘어졌다.

"하지만 루인족은 타이탄의 저주가 세상을 멸망시켰다고……."

"나의 기억은 마지막 타이탄인 네피림까지만이에요. 그것은 카론을 통해 당신에게 이어졌죠. 카론과는 이런 이야기를 나누지 못했어요. 기회가 있었다고 해도…… 그의 의식 수준으로는 이해하거나 받아들이지 못했을 거예요. 서로를 위해 잘된 일이죠."

강유진의 입에서 한숨이 흘러나왔다.

"하아! 나도 당신의 말을 완전히 이해하거나 수긍하는 것은 아닙니다."

"알아요. 하지만 적어도 우리를 창조신으로 생각하지는 않잖아요. 그 정도면 만족해요."

"……."

여자, 엘의 의지는 의외로 수수했다. 특별히 바라는 것도 없고, 욕망이나 아쉬움도 느껴지지 않았다. 신에 버금가는 능력을 가진 존재라고 믿어지지 않을 정도였다.

"앞으로도 당신은 계속 내 머릿속에 있는 겁니까? 이런 식으로?"

강유진이 여자와 자신을 가리켜 보였다.

“그럴 일은 없을 거예요. 나는 당신의 마지막 부름에 응했던 것뿐이니까요. 때맞춰 당신이 혼수상태에 빠지지 않았다면…… 이런 식의 대화는 불가능했을 거예요.”

“헛! 내가 지금 혼수상태에 빠져 있다는 뜻인가요?”

“그래요. 당신은 서울대학병원 특실에 누워 있어요. 학생 시절에 몇 번 지나친 적이 있는, 그때마다 선망의 눈으로 바라보던 그 병원이에요.”

“선망씩이나…….”

“그럼 경외라고 해두죠.”

“하하…….”

강유진이 어색한 웃음을 흘렸다.

“어쨌든 결론은 당신과 다시 만날 수 없을 거라는 말이죠?”

“당신의 언어로 말하자면 강신(降神)을 한다는 게 쉬운 일이 아니니까요. 더구나 당신은 이성적이어서 더더욱 어려워요. 죽음의 문턱에 도달하지 않았다면, 나를 이렇게까지 선명하게 드러내지는 못했을 거예요. 운이 좋았어요. 다음번에는 진짜 죽을지도 몰라요.”

“만날 생각도 하지 말라는 말이군요.”

어쩐지 아쉽다는 느낌이다.

“네, 모험은 꿈도 꾸지 마세요. 어쨌든 당신은…… 우리의 마지막 의지를 이은 사람이니까요.”

“마지막이라면 엘은…… 어떻게 된 겁니까?”

“당신이 알고 있는 엘은 타이탄과 함께 소멸의 길을 걸었어요. 우리의 갈망이 얼마나 허망한 것이었는지 알게 된 때문이죠.”

“아…….”

강유진이 잠시 여자의 말을 생각하고 있을 때다.

여자가 담담하게 웃으며 말했다.

“이제 헤어져야 할 시간이군요.”

“정해진 시간이 있었나요?”

“아니에요. 그보다는 당신의 의식이 깨어나려 하기 때문이에요.”

“응? 그럼 지금의 나는 뭐죠?”

“후후, 꿈속의 꿈이라고 생각하세요.”

“아! 이 모두가 꿈이라는 말인가요……. 어쩐지…… 내가 그동안 SF소설을 너무 많이 읽었던 모양입니다.”

“그럴지도 모르죠.”

여자가 웃었다.

“이건 정말 황당무계한 꿈이군.”

강유진이 고개를 설레설레 저었다.

지금까지의 모든 게 꿈이었다니 조금 허탈하기까지 하다.

‘쩝, 꿈이 아니면 그게 더 이상하지…….’

외계의 존재니, 창조니 하는 것들은 확실히 농담의 소재에나 어울릴 법한 것들이었다.

"당신이 잠든 동안 선물을 하나 준비했어요. 마음에 들길 바라요."

"선물요?"

"언젠가 알게 될 거예요. 당신을 위해서는 선물이 사용되지 않는 게 좋겠지만…… 당신의 기억에 의하면 워낙 험한 세상이라서. 후훗."

"끙, 꿈이라면서 선물은 또 뭐래……."

여자가 되물었다.

"……선물요? 무슨 소리예요?"

"……."

생생한 소리에 놀란 강유진이 눈을 떴다.

제2화

산 넘어 산

뜻밖에도 임지연의 얼굴이 보였다.

강유진은 머리를 흔들며 눈을 몇 번이나 끔뻑였다. 갑작스러운 임지연의 등장에 꿈인지 현실인지 헷갈렸던 것이다.

임지연이 근심 어린 표정으로 물었다.

"머리가 아파요?"

"아니요…… 지금 내가 꿈을 꾸고 있는 건 아니죠?"

"어머! 내가 그동안 카론 님 꿈속에 몇 번 등장했었나 봐요?"

"전혀요."

"응? 그런데 왜 그렇게 실감을 못 하세요?"

"그냥……."

강유진이 말끝을 흐렸다.

임지연은 대한민국에서 가장 바쁜 사람이기도 하지만, 전기고문의 후유증으로 외출이 자유롭지 못하다고 들어서다.

"제가 좀 늦었죠? 그래도 연락받자마자 달려온 거예요. 그건 그렇고…… 죽다가 살아났는데 특별히 연락해 줘야 할 사람이 있나요?"

지금의 처지에 그런 사람이 있을 리가 있나? 강유진이 단호히 고개를 저었다.

"……없어요. 여긴 서울대학병원 특실이죠?"

강유진은 재빨리 화제를 바꾸었다. 인맥이 난맥(亂脈)이 된 자신의 상황을 드러내고 싶지 않아서다.

임지연이 입술을 삐죽이며 답했다.

"방금 깨어난 분치고는 잘 아시네요?"

"휴! 꽤 비쌀 텐데…… 누가 입원시켰나요?"

"자칭 좋은 친구라니까 신경 쓰지 마세요. 고마우면 나중에 더 비싸게 갚으면 되죠."

"그런가요……."

강유진이 주렁주렁 걸린 링거줄을 힐끔 바라보았다.

그리고 이내 임지연의 얼굴로 시선을 돌렸다. 단지 아름답다고 말하면 왠지 깎아 내리는 기분이 들 정도로 대단한 미모다. 처연한 표정으로 언제 죽을지 모른다고 말하던 몇 달 전의 얼굴과는 너무도 다른 밝고 건강한 모습이었다.

"몸은…… 괜찮은가요?"

강유진의 물음에 임지연이 배시시 웃었다.

"저요? 전 튼튼해요. 혈색 좋은 얼굴 보면 모르겠어요?"

"그러고 보니 이젠 장갑도 안 끼시네요? 정전기도 위험하다고 하시더니…… 정말 많이 좋아졌나 봐요?"

"음, 사실 그날은 좀 컨셉이었어요."

"네?"

"약하게 보이면 더 말이 잘 통할 것 같아서요."

"에? 그럼 전기고문의 후유증이 심하다는 건 모두 거짓말?"

"모두는 아니고요. 살짝 과장을 한 거죠. 왜요? 나랑 손잡은 게 후회돼요?"

"아뇨, 아뇨, 건강하시다니 다행입니다."

강유진은 임지연이 우려하던 것보다 건강하다는 사실을 기쁘게 받아들였다. 컨셉과 과장이라는 상대의 말을 액면 그대로 받아들일 만큼 바보는 아니었다. 몇 달 전보다 건강하다는 것, 지금은 그것 하나만으로도 충분했다.

"그런데 내가 다친 건 어떻게 알고 온 거예요?"

"이 경감님을 통해서 알게 된 거죠."

"이극렬 경감님요?"

"네, 일반인이 서울 시내에서 피격당한 게 처음이라 경찰청이 좀 시끄러웠다고 하더라고요."

"그랬군요."
"그런데 국정원에 아는 사람 있어요?"
"저요?"
"네."
"없는데…… 왜요?"
"음, 이 경감님 말로는 국정원에서 카론 님에 관계된 수사자료를 요청했다고 하더라고요."
"무슨 수사요?"
"홍대 근처에서 피격당한 일에 대한 거겠죠. 국정원에서 바로 나서는 일이 없는데…… 이 경감님도 좀 의외라고 하시더라고요. 그래서 국정원에 혹시 아는 사람이라도 있나 싶어서……."
"혹시 임지연 님의 납치와 관계된 거라고 생각해서 그런 게 아닐까요?"
"그건 아닐 거예요. 대성그룹과 카론 님의 관계는 아무도 몰라요. 입원 수속을 할 때도 엔터프라이즈 호텔을 앞세운걸요."
"아……."
강유진이 인상을 찡그렸다.
갑자기 한국응용지질연구소가 떠올랐던 것이다. 지반침하와 관계해서 한동안 감시를 받았는데, 이번 일로 다시 그들의 눈에 뜨인 것일까?
"왜요? 뭐 짐작되는 일이라도 있어요?"

임지연이 호기심 가득한 눈으로 강유진을 바라보았다. 국정원과 강유진 사이에 무슨 일이 있다고 생각한 모양이다.

"아뇨, 통증이 좀 와서……."

강유진이 능청스럽게 가슴을 매만졌다.

탑골의 지반침하에 관계된 말은 누구에게도 할 생각이 없다. 국정원이 뒤를 캐고 있는 상태에서는 더더욱 그렇다.

눈치가 빠른 임지연은 더 이상 국정원의 이야기를 꺼내지 않았다.

"그런데 신은미 씨와는 어떤 관계예요?"

"신은미요?"

강유진이 눈을 끔뻑이며 되물었다.

국정원에서 갑자기 신은미로 넘어가니 머릿속이 뒤엉킨 느낌이다.

"신은미 씨와 같이 있다가 총에 맞았다면서요. 신은미 씨가 보증을 서서 중환자실에 입원도 가능했다고 하던데……. 연하를 좋아하시나…… 그래도 스무 살이면 너무 어린 거 아니에요?"

"하하, 무슨 말씀을……. 은미는 그냥 스낵카 손님이에요."

"손님이란 말이죠?"

"네."

"아, 그냥 손님이었구나……."

"그렇다니까요."

왜 자신이 그런 설명을 해야 하는지 이해할 수가 없었지만, 다행히 임지연은 더 묻지 않았다.

그 뒤로도 임지연은 한 시간 가까이 잡담을 나누다가 돌아갔다. 떠나기 전에 입원과 관계된 몇 가지 주의사항을 알려주었다.

링거액을 교체하러 왔던 간호사에 의해 강유진의 상태가 알려졌다.

이제나저제나 기다리고 있던 의사들이 우르르 몰려왔다. 강유진이 코마 상태에서 중얼거린 말에 관심을 가지고 있던 의사들이다. 그중에는 정신과의 최동혁 박사도 포함되어 있었다.

의사들의 여러 가지 질문에 강유진은 '무슨 말을 했는지 전혀 기억하지 못한다'고 했다. 코마 상태였으니 당연한 대답이다.

혹시나 하는 마음에 신철호 박사가 녹화를 해둔 음성 파일을 강유진에게 들려주었다.

유심히 듣고 난 강유진은 '안타깝지만 무슨 말인지 모르겠다'고 했다.

상식적으로 당연한 대답인지라 누구도 더 묻지 못했다. 결국 강유진이 코마 상태에서 했던 말은 불가사의한 현상으로 묻혔다.

호기심으로 몰려왔던 의사들이 하나둘 돌아갔다.

마지막으로 신철호 박사와 최동혁 박사까지 돌아가자 강유진은 자리에서 일어났다. 그리고 링겔대를 밀어 창가로 걸어갔다.

언제 내렸는지 곳곳에 녹다 만 눈이 보였다.

"화이트 크리스마스였나……."

12월도 이제는 하루밖에 남지 않았다. 다시 병원에 올 일은 없다고 생각했는데, 정말 사람의 일은 알 수가 없다. 그래도 영양실조로 쓰러져 입원했을 때와 비교하면 하늘과 땅 차이이다. 한순간 여러 가지 감정이 밀려들었다.

'김정숙 씨는 어떻게 됐을까?'

아무리 조폭이라고 해도 그렇게 쉽게 사람을 해치지는 못할 것이다. 더구나 김정숙 씨는 아들을 잃기까지 했다. 만약 김정숙 씨의 신변에 무슨 일이 생기기라도 했다면…….

'모두 죽는다…….'

사람을 죽이겠다고 다짐하는 순간에도 강유진의 표정에는 변화가 없었다.

전에는 심장이 벌렁거리고 피가 끓어올랐을 테지만 지금은 이상하리만치 담담했다. 우주의 저편을 엿보고, 생명의 기원을 보았기 때문인지도 모른다.

묵묵히 창밖을 바라보던 강유진이 중얼거렸다.

"AIRE KALI DU AKUM……."

태블릿를 통해 배우지 못한 주문이지만 대략의 뜻은 알고 있다. 그것은 '치명적 공간왜곡' 이라는 말이었다. 앞뒤 말이 없으니 더 이상은 모른다. 여자가 '선물을 준비했다' 고 한 것과 관계가 있는

지도 모른다는 생각이 얼핏 스치고 지나갔다.

링겔대를 밀고 벽면의 거울 앞에 섰다.

가슴을 풀어 보니 하얀 붕대가 보인다.

신철호 박사는 '총알이 관통했지만 회복 속도가 빠르다'고 했다.

정말 많이 괜찮아진 것일까?

손끝으로 붕대 위를 꾹꾹 눌렀다. 아프기는 해도 견딜 만했다. 이 정도라면 태성실업으로 가도 될 것 같았다.

물론 태성실업에 무턱대고 찾아갈 생각은 없었다. 김정숙 씨가 어디에 있는지, 그리고 태성실업의 사장이 자리에 있는지를 먼저 알아야 한다.

태성실업 다음은 자신에게 총질을 한 사람이 누군지 찾아내는 일이다.

똑똑똑.

가벼운 노크와 함께 두 사람의 남녀가 안으로 들어왔다.

둘 다 모르는 얼굴들이다. 눈이 마주치자 남자가 먼저 자기소개를 했다.

"실례합니다. 경찰청에서 왔습니다."

"아, 네……."

눈인사와 함께 강유진은 침대로 돌아갔다.

강유진이 침상에 걸터앉자마자 남자가 다가갔다.

"강유진 씨 맞으시죠?"

"네."

삼십 대 후반으로 보이는 남자가 신분증을 꺼내 보였다.

"서울지방경찰청 강력계의 오인용 형사입니다. 뜻하지 않은 변고를 당하셔서 놀라셨겠습니다."

"아……."

"그리고 이쪽은 과학수사계의 백인애 경장입니다."

오인용 형사가 뒤편에 서 있는 이십 대 후반의 여자를 가리켜 보였다.

"백인애예요."

"네."

고개를 끄덕이던 강유진은 속으로 피식 웃었다.

오인용 형사의 간결한 소개 때문일까? 뜬금없이 대학 시절 소개팅 할 때가 떠올랐다.

강유진의 얼굴에 미소가 떠오르자 오인용 형사가 가볍게 웃었다.

"하하! 미인이죠? 백 경장을 앞세우면 어디든 분위기가 좋아진다니까요."

"그렇겠군요."

"어머, 별말씀을……."

백인애는 오인용 형사의 실없는 농담에 웃으면서도 강유진의 눈빛과 표정을 유심히 살폈다. 서울지방경찰청에 소속된 프로파일러이니 당연한 일이다.

오인용 형사가 수첩을 꺼내들었다.

피해자가 정신을 차렸으니 본격적인 조사에 들어가려는 것이다.

"가슴에 관통상을 입으셨는데…… 생각보다 건강해 보이셔서 다행입니다."

"의사 선생님들도 보통 사람보다 회복 속도가 빠르다고 놀라시더군요. 어릴 때 먹은 보약의 효과가 뒤늦게 나타나는 모양입니다."

"강유진 씨가 혼수상태에 있는 동안 주변 조사를 좀 했습니다. 스낵카로 장사를 하실 때 불량배들과 마찰이 있었다고 하더군요. 그들이 누군지 아십니까?"

"모릅니다. 저 같은 일반인이야 누가 시비를 걸면 거는가 보다 생각하지…… 그 사람들이 누군지까지 알 수는 없으니까요."

"그러시군요. 그들 이외에 누군가에게 원한을 살 만한 일은 없었습니까?"

"없습니다."

"대성그룹에 근무하시는 동안에는 어땠나요?"

"원한을 살 정도로 사이가 나쁜 사람은 없었습니다. 후임자와 좀 껄끄럽긴 했지만…… 통상적으로 있는 일이었습니다."

"……."

오인용 형사의 입에서 한숨이 흘러나왔다.

확실히 과거부터 현재에 이르기까지 피해자의 대인관계는 깨끗했다. 그는 전형적인 중산층으로 평범한 옆집아저씨의 삶을 살았다. 그의 인생에서 눈에 띄는 일이라고는 기러기 가장이 되면서 가정이 해체된 것뿐이다.

"아시겠지만 한국에서 총격 사건은 정말 드물거든요. 위에서도 이번 사건에 관심을 많이 가지고 계십니다. 범인이 누구든지 꼭 잡겠습니다."

오인용 형사가 백인애를 힐끗 바라보았다.

백인애가 한걸음 다가갔다.

"혹시 엔터프라이즈 호텔에 아는 분이 계신가요?"

"전혀 없습니다."

"그래요? 입원 수속을 호텔 관계자가 나와서 했다고 하던데요."

"음, 어쩌면…… 전에 있었던 일 때문인지도 모르겠습니다."

"어떤 일인지 말씀해 주실 수 있으세요?"

"제가 엔터프라이즈 호텔에 똥차를 끌고 갔다가…… 특급호텔에 낡은 차를 주차했다고 주차직원들과 시비가 붙은 적이 있거든요. 100퍼센트 그쪽의 잘못인지라…… 직원들 서비스 교육을 다시 실시했다고 들었습니다. 그때의 보상이 아닌가 생각합니다."

"그러시군요. 그게 언제의 일인가요?"

"11월경이니까, 한 달쯤 전의 일입니다."

"그런데 피격으로 쓰러지신 동안 연락은 누가?"

"글쎄요. 지갑에 명함이 있었으니까…… 경찰에서 연고자를 찾다가 연락을 해본 게 아닐까요?"

"아, 그랬겠네요."

백인애가 고개를 끄덕였다.

현재까지는 그렇게 알려져 있었다. 뻔히 알면서도 다시 물어본 것은 혹시라도 다른 실마리가 있을까 싶어서다. 평범한 피해자의 주변에서 유일하게 눈에 띄는 건 엔터프라이즈 호텔이었다. 하지만 특급호텔과의 관계도 그다지 대단한 것 같지는 않아 보인다.

'그럼 이 남자는 왜 총에 맞은 거야?'

남자의 몸을 관통한 것은 7.62㎜×54 R탄. 마침 스낵카의 뒷벽에 박혀 있어 제원을 파악하는 데 어려움이 없었다. 문제는 그것이 드라구노프(Snayperskaya Vintovka Dragunov)에서 사용된다는 거다. 중국과 러시아의 저격수들이 사용하는 드라구노프가 왜 평범한 스낵카 주인을 조준했을까?

백인애는 마지막으로 남자를 떠보기로 했다.

"범행에 사용된 총은 드라구노프예요. 중국이나 러시아 쪽의 저격수들이 사용하는 것으로 알려져 있죠. 강유진 씨는 흔히 볼 수 있는 공기총에 맞은 게 아니에요. 다시 말하자면, 우발적이거나 사소한 시비로 빚어진 일이라고 보기에는 범행 도구가 너무 비범해요. 작은 것이라도 다시 생각해 보세요. 대성그룹에 근무하실 때 특별히 신경 쓰이던 일은 없었나요?"

백인애는 대성그룹과 관계된 것이라고 생각했다. 그게 아니라면 이 정도 스케일의 일은 벌어질 수 없었다.

"대한민국에서 제일가는 그룹이라고 해도 총무과 차장의 권한은 그렇게 크지 않습니다. 재직 시는 물론 퇴사 이후에도 신경 쓰일 만한 일은 없었습니다."

"네에……."

백인애는 단호한 강유진의 말에 물러서는 수밖에 없었다.

그 뒤로 오인용과 백인애는 스낵카 창업과 운영에 관한 일을 확인하고는 떠나갔다.

오인용 형사가 병원 주차장으로 걸어가며 중얼거렸다.

"얼마 전에 피해자와 함께 일하던 사람이 강도를 당해 사망했는데…… 혹시 처음부터 강유진 씨가 목적은 아니었을까요?"

"글쎄요. 전문 킬러라면 대상을 착각하지 않았을 것 같은데요. 무엇보다 범행에 사용된 도구도 너무 다르구요."

"으음, 그렇죠……."

오인용 형사의 입에서 신음이 흘러나왔다.

알지만 답답해서 해본 소리다.

"그런데 엔터프라이즈 호텔은 조금 이상하다는 느낌이 들어요."

"어떤 점이 이상하다는 건가요?"

말과 함께 오인용 형사가 힐끔 옆을 쳐다보았다.

백인애 경장의 고운 얼굴선이 눈에 들어온다. 백인애의 미모로 대화 분위기가 좋아진다는 말은 빈말이 아닌 것 같다.

"솔직히 호텔에서 차의 종류에 따라 손님을 차별 대우하는 건 새삼스러운 일이 아니잖아요. 그런데 피해자의 낡은 차 때문에 벌어진 일로 직원 교육을 다시 시켰다는 것도 그렇고, 그만한 일로 특실에 입원시켜 준다는 것도 좀 오버하는 것 같지 않아요?"

오인용 형사가 즉시 말을 받았다.

"혹시 피해자가 엔터프라이즈 신 회장의 정부(情夫)는 아닐까요? 신 회장의 집안에서 추문이 퍼질 것을 우려해서 쓱~ 하려고 했다던가……."

하지만 백인애 경장은 쉽게 동의해 주지 않았다.

"피해자가 꽃미남이라…… 전혀 아니라고 하기도 뭐하지만…… 두 사람의 접점도 없고, 나이 차이가 많이 나서 그건 아닌 것 같아요. 게다가 신 회장의 남자관계는 깨끗하기로 재계에 소문이 난걸요."

"그럼, 뭡니까? 원한도 없고 돈도 없는 평범한 삼십 대 남자가…… 왜 서울 시내 한복판에서 저격총에 맞은 겁니까?"

"그러니 미스터리인 거죠."

“거참, 산 넘어 산이네. 내년 봄에 서울에서 ARF[ASEAN Regional Forum(아세안지역안보포럼), 아시아와 태평양의 안보를 위한 확대외무장관회의]를 위한 ‘4개국(한 • 러 • 중 • 일) 장관회의’가 열려서 경찰 관계자들의 신경이 날카로워져 있는데…… 프로페셔널 킬러의 등장이라니……. 백 경장님, 최고의 프로파일러로써 범인에 대한 대략의 윤곽을 그려 본다면?”

백인애가 눈썹을 찡그리며 골똘히 행각했다.

“음, 저격범은 삼십 대 초중반의 중국인 남자일 거예요. 키는 약 170정도에 인상은 아주 평범한 그런 사람이죠.”

“허, 놀랍습니다. 벌써 절반은 잡은 것 같네요. 도대체 어떻게 그런 걸 알 수 있는 겁니까?”

오인용 형사의 입이 쩍 벌어졌다.

그녀의 추측은 항상 90퍼센트 이상의 적중률을 보인다. 프로파일러 중에서도 발군의 실력이다. 그녀에게만 특별한 정보가 가는 것도 아니다. 백인애가 아는 건 자신도 안다. 하지만 백인애는 항상 그 너머를 보고 있는 것 같았다.

“간단해요. 드라구노프를 사용했다면 중국 아니면 러시아인데, 그날 특별히 수상한 외국인을 보았다는 증언이 없잖아요. 그렇다면 한국인처럼 보인 중국인이라는 말이겠죠? 한국에 드라구노프를 밀반입할 정도의 대담함과 가슴을 관통한 실력으로 보면…… 킬러로써 한창 때인 삼십 대 초중반일 거고…… 키는 중국인의 평균 신장 169에 특수부대 출신임을 감안해서 대략 170. 그럴듯하죠?"

묵묵히 듣고 있던 오인용 형사가 반론을 제기했다.

"하지만 드라구노프를 사용한 한국 킬러일 수도 있잖습니까? 워낙 유동인구가 많은 곳이니 러시아 사람을 기억하지 못한 것일 수도 있고……. 게다가 겁 모르고 혈기왕성한 행동대원은 이십 대가 많으니까…… 나이의 폭이 더 아래로 내려갈 수 있고……. 키는 한국이나 러시아인이라면 더 클 수도 있는데……."

"그런 식으로 복잡하게 생각하기 시작하면요, 오 형사님도 용의자가 될 수 있어요. 사실과 직관의 결합이 중요한 거죠. 그리고 직관을 가동할 때는 보편적인 데이터만 염두에 둬야 해요. 물론 드라구노프를 한국 사람이 쓸 수도 있어요. 하지만 지금까지 그런 사례는 없었죠."

"……."

오인용 형사가 애매한 반응을 보이자 백인애가 빠르게 보충 설명을 했다.

"단순화시키지 않으면 그 시간 서울에 있던 모든 사람이 용의자가 될 수 있어요. 상상력도 좋지만, 그보다 더 중요한 건 데이터를 단순화시켜서…… 목적지까지 가장 빠른 길을 찾아내는 거예요. 물론 예측이 맞을 수도 있고 틀릴 수도 있어요. 나머지는 하늘에 맡겨야죠. 사실 옆에서 지켜본 것도 아닌데 범인이 누군지 어떻게 알겠어요?”

“아아, 대략 무슨 말인지는 알겠는데…… 그런 쪽으로는 머리가 잘 돌아가지 않네요.”

“그 대신 오 형사님은 범인을 잘 잡아내잖아요.”

“어이쿠! 빈말이라도 감사합니다.”

“어머, 빈말이라뇨? 올해 검거 실적이 가장 높으시면서.”

“그거야 어쩌다 보니…….”

백인애가 입술을 삐죽였다.

오인용 형사는 서울지방경찰청에서 가장 뛰어난 형사다. 4개국 장관회의를 앞두고 일어난 저격 사건인지라 경찰청에서는 황급히 그를 투입한 것이다. 그런 사람이 ‘어쩌다 보니 범인을 많이 잡게 되었다’고 말하니 왠지 속이 불편했다. 자신도 실적에 예민한 경찰인 까닭이다.

*　　*　　*

크리스마스를 기점으로 일신상사의 대표가 바뀌었다. 대표인 한영권은 마포의 한 나이트클럽에서 일어났던 조선족 조폭들의 시비에 휘말려 사망했다. 조선족들의 패싸움이 끝난 뒤 홀에서 한 남자의 시체가 발견됐는데, 어이없게도 한영권이었다. 시체는 있는데, 살인범이 없는 기묘한 사고였다. 뒤늦게 용의자들이 수배되었지만 모두 중국으로 달아나 버려 수사는 흐지부지되고 말았다.

그 뒤 2인자로 있던 강한일이 자연스럽게 대표가 되었다. 물론 거저 된 것은 아니다. 강한일은 인접한 동대문사단의 오태수 회장에게 무려 3억 원이나 되는 돈을 상납했다. 강유진을 제거한 대가로 인화건설 이기백 사장에게 받은 돈의 일부였다. 통 큰 상납금 덕분에 그는 정식으로 오태수 회장의 아우가 될 수 있었고, 별다른 저항 없이 일신상사를 접수할 수 있었다.

휴지로 대표이사 명패를 열심히 닦던 강한일이 갑자기 고개를 쳐들었다.

"타이거는 지금 어딨냐?"

"예! 부산으로 갔습니다. 형님."

대답과 함께 제비가 자리에서 벌떡 일어섰다. 얼굴까지도 잔뜩 굳어 있었다. 타이거와 관계되어서는 저도 모르게 긴장이 되는 모양이다. 타이거가 지난 한 달 동안 마포에서 무슨 짓을 하고 다녔는지 알기 때문인지도 모른다.

"이 노사(老師)인지 뭔지 하는 노인네가 내일 들어온다고 했나?"

"아닙니다, 형님. 1월 2일이니까, 모레 들어오는 겁니다. 형님."

"그래? 그건 그렇고 애들 약에 손 못 대게 미리미리 주의 잘 줘라. 약장사가 약 먹기 시작하면 망한 거니까. 원래 약장사는 절대 마약 안 한다면서?"

"예, 형님. 계속 교육시키고 있습니다. 팔뚝이나 허벅지 검사해서 바늘 자국 있으면 묻어버리겠다고 했으니까…… 다들 조심할 겁니다. 형님."

"야, 너 너무 기합이 들어간 거 같다. 말끝마다 형님이냐. 전에는 그러지 않았잖아."

"이제 큰형님이 되셨으니까 더 잘 모시려고 그럽니다. 형님."

"아부도 적당히 해라 씨발노마. 내가 김정일이냐?"

"알겠습니다. 형님……."

"아, 그 새끼, 말귀 못 알아먹네. 이제는 우리도 사업가니까 너무 조폭 냄새 피우지 말란 말이다."

마약사업도 사업이라고 강한일은 목에 힘을 잔뜩 실었다.

"예, 시정하겠습니다."

제비의 허리가 직각으로 꺾였다.

그걸 보고 한심하다는 듯 혀를 차던 강한일이 다시 물었다.

"그런데 그 무술하던 새끼는…… 확실히 보낸 거야? 왜 죽었다는 소리가 없어?"

"두꺼비가 확실히 봤답니다. 가슴에 구멍이 뻥 뚫렸으니까…… 갔을 겁니다."

"난 그 씨발 놈 생각만 해도 밤에 잠이 안 와. 아! 잔인한 새끼. 어떻게 사람 뼈를 엿가락 부러뜨리듯 똑똑 꺾을 수가 있어?"

"그러게 말입니다. 저도 그런 독종은 처음 봤습니다. 그런데 형님, 말이 나와서 말인데…… 돈을 더 받아도 되지 않습니까?"

"무슨 돈?"

"3억 더 땡겨서…… 10억을 채워도 되지 않겠나 싶어서 말입니다. 한 집도 아니고 잘나가는 집이 세 개나 되니까 말입니다……."

인간의 욕심은 끝이 없다. 상납금 때문에 큰돈을 만져보지 못한 제비는 3인조 떼강도의 부모를 협박해서 더 뜯어내고 싶어 했다.

"안 돼. 그 얘기는 다시 꺼내지 마. 잊어버려."

"예……."

대답은 했지만 제비는 영 마땅치 않는 얼굴이었다.

"박 의원이 끼어 있어서 위험해. 그쪽은 절대 기웃거리지 마라. 짱깨가 약을 가져오면 돈은 갈고리로 쓸어 모을 수 있어. 그러니까 조금만 참자고. 알겠냐?"

"예."

대답과 달리 완전히 수긍한 표정이 아니다.

강한일은 그게 조금 신경 쓰였지만 이내 흘려버렸다. 제비가 혼자서 미친 짓을 하지 않을 거라고 생각한 것이다.

* * *

강한일의 짐작은 반만 맞았다. 제비는 혼자서 강한일의 명령을 어길 정도로 담이 크지는 않았다. 그래서 그날 저녁 은밀하게 두꺼비를 찾아갔다.

"두꺼바, 전화 한 통에 3억이다. 너 같으면 이거 그냥 두겠냐?"

"큰형님은 뭐라는데?"

"박 의원이 무섭다고 하지 말란다."

"3억?"

두꺼비는 큰형님이나 박 의원의 이름은 이미 잊은 듯했다.

"그래, 3억. 우리 둘이 반씩 먹자."

"그래서 지금 나보고 전화를 하라는 겨?"

"아니, 전화는 내가 할 테니까, 넌 그냥 옆에 있으면 돼."

"응? 뭐야? 같이 다니기만 해도 돈을 준다 이 말인 거야? 돈 벌기 졸라 쉽네."

"그렇다니까."

"야, 뭐하냐? 얼릉 전화 안 하고."

"으응? 지금?"

"한 통화에 3억이람서? 바로 해야지. 쇠뿔도 단김에 빼라는 말 몰라?"

"어, 어…… 그럴까?"

두꺼비의 재촉에 제비가 휴대전화를 꺼내들었다.

그날 자신들의 손으로 지옥문을 열었다는 걸 제비와 두꺼비는 알지 못했다.

*　　　*　　　*

"네, 의원님. 김입니다."

수화기를 든 오십 대 중반의 남자는 한참 동안 상대의 말을 들었다.

오 분쯤 지났을까?

남자가 희미하게 웃으며 말했다.

"잊지 않고 맡겨주셔서 감사드립니다. 언제나처럼 최선을 다해 모시겠습니다."

김대호는 수화기를 내려놓고 눈을 지그시 감았다.

무려 십 년 만의 부름이다. 그가 당대표가 되면서 소원해졌던 관계를 원래대로 회복하려면, 상대가 원하는 결과를 만들어내야 한다.

"일신상사라……. 욕심이 화를 부른 거지. 나로서는 고맙게 됐지만……."

중얼거리던 김대호가 책상 위의 벨을 눌렀다.

잠시 후 노크와 함께 건장한 중년인이 들어왔다.

"회장님, 부르셨습니까?"

"마포의 일신상사를 누가 관리하고 있지?"

"동대문사단에서 뒤를 봐주고 있는 것으로 알고 있습니다."

"오태수?"

"예."

"일신상사를 지운다. 그리고 오태수에게 넘겨. 우리가 세력을 확장시키기 위해 그런 게 아니라는 제스처를 쓰란 말이다."

"전부 지웁니까?"

"아니, 강한일의 직계만."

"회장님, 어려운 일은 아니지만…… 강한일과 오태수는 얼마 전에 의형제를 맺었습니다."

김대호가 인상을 찡그렸다.

"번거롭게 됐군. 그래도 달라질 건 없어."

"오태수가 순순히 따를지 모르겠습니다. 무슨 이유 때문인지 여쭤봐도 되겠습니까?"

"어르신 부탁이야. 우리의 힘이 필요하다니 들어줘야지."

"알겠습니다."

돌아나가는 중년인에게 김대호가 말했다.

"삼 일 안에 끝내."

"예."

김대호가 자리에서 일어났다.

대한민국을 움직이는 실력자가 무슨 바람이 불어서 자신에게 그런 부탁을 했을까? 궁금했지만 알아볼 생각은 하지 않았다. 권력자의 손발이 되기로 작정했다면 의문을 품어서는 안 된다. 의문을 품는 순간 다른 누군가의 표적이 될 것이기 때문이다. 일신상사처럼 말이다.

"보험을 들어둔 게 있으니 별 걱정은 없지만……."

십 년 전 박 의원과 결별한 뒤 다시 모시게 된 사람들이 있다. 십 년 만에 조직을 이만큼 키울 수 있었던 것도 따지고 보면 그 사람들 덕분이다. 지난 일들을 생각하니 갑자기 한기가 든다. 전국구 조직의 보스인 김대호에게 그들은 떠올리는 것만으로도 공포였다.

* * *

진찰을 마친 신철호 박사가 혀를 내둘렀다.

"허어, 정말 경이적인 회복력이로군요. 의사가 된 이래…… 이렇게 빠른 속도는 처음입니다. 이건 정말 기적이라고밖에는……."

"그럼 퇴원을 해도 되겠습니까?"

"허, 아무리 그래도 바로 퇴원은 좀 무리입니다. 계속 항생제를 투여하는 게……."

"열도 없고, 몸도 개운한데요?"

말과 함께 강유진이 가슴을 가볍게 두드려 보였다.

신철호 박사가 곤혹스러운 표정으로 강유진의 가슴을 살폈다. 총탄에 관통당한 특유의 동그란 모양의 상흔이 보인다. 그나마 그것조차도 작은 흉터로 남았을 뿐이다. 지금의 강유진은 정상인이라고 해도 과언이 아니었다.

"음, 정 그러시면 오늘부터 링거는 빼겠습니다. 외출을 해도 됩니다만…… 조금이라도 이상이 느껴지면 곧바로 말씀해 주십시오."

"예."

강유진이 함박웃음을 지으며 답했다.

자신이 다 나은 것 같다고 느끼는 것과 담당 의사가 해주는 말은 차원이 다르다. 외출을 해도 될 정도로 회복이 되었다고 생각하니 손발이 근질거렸다.

신철호 박사의 아침 회진이 끝난 뒤 간호사가 와서 링거를 철수해 갔다.

침상에서 발딱 일어선 강유진은 팔을 빙빙 돌려보았다. 마치 족쇄를 벗은 듯 자유로웠다. 고작 링거줄 하나 뗐을 뿐인데 날아갈 것 같은 기분이다.

똑똑.

점잖은 노크 소리에 강유진이 고개를 갸웃거렸다.

이 시간에 자신을 찾아올 사람이 없다고 생각한 때문이다.

자신이 입원한 사실을 알고 있는 사람은 신은미뿐이다. 하지만 그녀는 수업을 마친 뒤에 오곤 했다. 더구나 노크는 단 한 번도 한 적이 없다.

곧이어 오십 대의 남자가 문을 열고 안으로 들어왔다.

뜻밖에도 그는 한국응용지질연구소의 박영찬 소장이었다.

"어?"

강유진이 놀란 눈으로 박영찬 소장을 바라보았다. 한국응용지질연구소의 소장이 왜 자신을 찾아왔단 말인가?

오만가지 생각이 동시에 떠올랐다.

"오랜만입니다, 강 선생."

"소장님?"

"예, 기억하고 계시는군요. 못 알아보면 어쩌나 했습니다."

"그런데 소장님이 어떻게……."

박영찬이 병실 안의 소파에 앉으며 빙긋이 웃었다. 마치 '모든 것을 알고 있다'는 그런 묘한 미소였다.

강유진은 얼떨결에 박영찬 소장의 맞은편에 걸터앉았다.

"다시 인사드리지요. NIS(National Intelligence Service, 국가정보원)의 박영찬입니다."

말과 함께 박영찬이 신분증을 내밀었다.

강유진이 박영찬과 신분증을 번갈아 바라보았다. 한국응용지질연구소의 분위기가 이상했던 게 이제야 이해가 갔다.

박영찬이 강유진의 눈을 지그시 바라보았다.

"백일몽(白日夢)이랄까? 전에 있던 한국응용지질연구소는 지진으로 폐쇄됐습니다. 덕분에 지금은 다시 대테러분과로 돌아갔지요.”

“아, 네…… 응? 테러요?”

무심코 고개를 끄덕이던 강유진의 음성이 조금 높아졌다. 대테러분과 요원이 왜 자신을 찾아온단 말인가?

박영찬이 담담한 어조로 말했다.

“이미 알고 계시니까…… 돌려 말하지 않겠습니다. 강 선생의 저격에 드라구노프가 사용된 것이 알려진 이후…… 우리는 24시간 강 선생을 보호하고 있었습니다.”

“하하, 보호요…….”

말이 좋아 보호지 사실은 감시를 했다는 소리다.

“우리는 강 선생께서 국제범죄단체의 표적이 된 줄 알고 좀 긴장하고 있었습니다. 그런데 전혀 뜻밖의 손님들이 방문을 하시더군요.”

“…….”

“혹시 임 박사를 구해낸 신비인이 강 선생입니까?”

“대답해야 합니까?”

강유진이 도발적으로 되물었다. 그동안 국정원에 감시를 당했다고 생각하니 왠지 불쾌했다.

“그런 건 아닙니다.”

박영찬의 말에 강유진이 눈을 끔뻑였다.

돌아가는 분위기가 조사도 아니고 잡담도 아니다. 그렇다면 박영찬이 원하는 게 뭘까?

“제가 오늘 강 선생을 만나러 온 것은 대테러분과의 공적인 업무도 있지만, 개인적인 호기심도 작용했기 때문입니다. 그리고 조금 전의 질문은 개인적인 것이었습니다. 임지연 박사의 납치 사건은 공식적으로 종결되었으니까요.”

“…….”

분위기가 싸해지자 박영찬이 너털웃음을 터뜨렸다.

“허허! 이거 제가 실수를 했나 봅니다.”

“24시간 감시를 당한다는 게 유쾌한 일은 아니니까요.”

“이해합니다. 그럼 이렇게 할까요? 강 선생께서 적극 협조해 주신다면 저도 손을 좀 쓰겠습니다.”

“무슨 말씀이신지?”

상대의 말을 알아듣지 못한 강유진이 눈을 끔벅였다.

“너무 복잡하게 생각하지 마십시오. 이렇게 해드리겠다는 뜻입니다.”

자리에서 일어난 박영찬이 전화기 밑에서 새끼손톱 크기의 얇은 장치를 떼어냈다.

그리고 강유진이 보는 앞에서 반으로 뚝 부러트렸다.

“우리가 부착한 도청장치입니다. 본래 그냥 회수해야 하지만…… 저의 의지를 보여주기 위해서 박살냈습니다. 하나에 30만원짜리인데…… 그래도 신뢰 회복이 더 중요하니까…….”

"그게 전부인가요?"

"현재까지는 그렇습니다. 아직 강 선생의 등급이 정해지지 않아서 임시로 하나만 설치해 둔 거지요."

"등급이라면?"

"국가안보차원에서 보호 또는 감시가 필요한 요인을 구별해 둔 기준이라고 이해하시면 됩니다."

"허, 저 같은 일반인에게 좀 과분한 분류 아닙니까?"

"전혀 과분하지 않습니다. 올해 7월에 베트남에서 ARF(ASEAN Regional Forum, 아세안지역안보포럼)가 열린다는 것은 들으셨을 겁니다. 그때를 위해 5월 말에 서울에서 한국 • 러시아 • 중국 • 일본 4개국이 영토분쟁과 나포된 어선 교환 문제를 집중 논의할 겁니다. 그런데 '4개국 장관회의'를 오 개월 앞두고 서울 시내 한복판에서 저격 사건이 일어났으니 국가안보와 직결된 문제라고 할 수 있지요."

"그렇군요."

강유진은 그제야 어느 정도 주변의 상황을 이해할 수 있었다.

"자아, 이제 좀 허심탄회한 이야기를 나누어 보지요. 어떻습니까?"

"좋습니다."

강유진이 고개를 끄덕였다.

국정원 관계자가 찾아올 거라고 생각은 했었다. 그 사람이 박영찬 소장이라는 게 놀라웠지만, 차라리 잘된 일인지도 모른다. 나중에 탑골에서의 일을 두고 조사를 받지 않아도 될 테니까 말이다.

"그동안 강 선생에게 무슨 일이 있었던 겁니까?"

"무슨 일이라고 하시면?"

"지금까지 우리가 아는 강 선생은 평범 그 자체였습니다. 2010년 4월 대성그룹에서 퇴사한 뒤로 귀향, 그해에 지진으로 탑골의 집이 부서지자 모두 처분하고, 이듬해 2011년 다시 서울로 올라갔지요. 그리고 미술관에서 경비로 근무하다가 갑자기 스낵카를 구입…… 국수장사를 시작했습니다."

"……."

"그러다가 2011년 12월 18일 갑자기 저격을 당하죠. 그것도 국내 범죄조직에서는 아직 사용한 적이 없는 러시아제 저격소총 드라구노프에 의해서 말입니다. 그것만으로도 충분히 놀라운데, 설상가상으로 대한민국 최고의 재원으로 알려진 임지연 박사와 재계서열 100위 안에 드는 엔터프라이즈 호텔의 후원을 받고 있더군요. 모두 어떻게 된 일입니까?"

"그게…… 사실 대단한 일은 없었습니다. 스낵카를 운영하다가 불량배들과 시비가 좀 있었지만 영세상인과 지역 조폭들 간에 늘 있는 그런 시비죠. 솔직히 저도 제가 왜 총을 맞았는지 궁금해 죽겠습니다."

박영찬이 뺀질거리는 강유진의 얼굴을 뚫어져라 쏘아보았다.

성질 같아서는 고문을 해서라도 진실을 듣고 싶은데, 피해자에게 그렇게 했다가는 직무정지로 끝나지 않을 것 같다. 게다가 그의 뒤에는 임지연 박사와 엔터프라이즈 호텔이 있었다. 시민단체가 아니라 경제단체가 들고 일어날지도 모를 일이다.

"그럼 엔터프라이즈 호텔은…… 아, 아닙니다."

박영찬은 스스로 말을 철회했다. 무슨 대답을 들을지 뻔했기 때문이다.

'경찰에게 한 말을 하겠지…… 되지도 않는 거짓말…….'

강유진 같은 기초생활수급 대상이 왜 엔터프라이즈 호텔에 갔는지, 엔터프라이즈 호텔에서 왜 그에게 머리를 숙였는지, 알 수 없는 일이 한두 개가 아니었다.

갑자기 탑골에서 찍었던 손바닥 사진들이 떠올랐다. 평범하던 강유진의 삶에 변화가 온 것은 분명히 탑골에서의 생활 이후다.

'설마 이 사람의 손바닥 자국이었을까?'

그때는 터무니없는 가정이라고 무시했지만, 지금은 왠지 '전혀 무관하지 않을 것 같다' 는 생각이 든다.

정보계통에서 보낸 지난 십 년의 경험은 강유진이 수상하다고 신호를 보내고 있었다.

그럴 때는 급소를 찔러보는 것도 방법이다.

"오파츠(OOPARTS)라고 아십니까?"

"예? 오파츠요?"

갑작스런 박영찬의 물음에 강유진은 모른 척 되물었다. 하지만 너무 놀라서 당황한 기색을 완전히 다 감추지는 못했다.

'뭔가 있다!'

노련한 박영찬의 눈에 이채가 감돌았다.

"네, 오파츠. 그 시대에 나타날 수 없는 정체를 알 수 없는 유물을 설명하는 말이죠."

"아, 재미있는 말이군요."

박영찬이 피식 웃었다.

이제 와서 시치미를 떼려 해도 소용없다. 강유진은 확실히 오파츠라는 단어에 반응을 보였다. 자신은, 아니 국정원은 무슨 수를 써서라도 강유진의 비밀을 알아낼 것이었다.

"미국에 로즈웰이 있다면 한국에는 탑골이 있습니다. 정확하게는 강 선생 집의 앞마당이죠."

"네?"

"언젠가 우리가 말씀드리지 않았습니까? 강 선생의 집 앞마당에 뚫린 굴이 지금까지 인간에게 발견된 것 중 가장 깊은 것이라고……."

"아, 예…… 기억이 납니다."

"우리는 그곳에서 오파츠를 발견했습니다."

박영찬이 강유진의 얼굴을 지그시 바라보았다. 물론 굴은 곧 막

혔고, 그사이 어떤 유물을 발견한 것도 아니다. 하지만 완전한 거짓말은 아니다. 사진에 찍힌 손자국을 오파츠로 결론 내렸으니까 말이다.

강유진의 눈이 휘둥그렇게 떠졌다.

설마 자신이 얻은 블루 태블릿 말고 또 뭐가 있었다는 말인가?

박영찬은 시시각각 변하는 강유진의 표정을 재미있다는 듯 관찰했다.

"그것과 관련해서 하실 말씀은 없습니까?"

"오파츠요? 전혀……."

"알겠습니다. 혹시 나중에라도 뭔가 떠오르는 일이 있으면…… 언제라도 연락주십시오. 강 선생의 전화를 기다리고 있겠습니다."

박영찬이 자리에서 일어섰다.

저격이니 드라구노프니 하는 것은 더 이상 박영찬의 관심이 되지 못했다.

얼떨결에 강유진이 따라 일어섰다.

막 나갈 듯 병실 문의 손잡이를 잡았던 박영찬이 슬쩍 뒤를 돌아보았다.

"참, 강 선생과 시비가 있었던 일신상사 말입니다. 지난 12월에 대표가 실종되었습니다. 결국 서열 2위가 대표가 되었죠. 그런데 요즘 잠잠하던 제일흥업의 조직원들이 마포를 기웃거리고 있다는군요. 아, 제일흥업은 밤의 대통령이라는 김대호 회장이 거느리고 있는 9개 계열사 중 한 곳입니다. 경찰에서 조폭들 간의 전쟁이 벌어질 것 같다고 예의주시하고 있는 모양입니다."

강유진은 아무것도 모르는 척 애써 태연한 표정을 유지했다.

박영찬의 얼굴에 희미한 미소가 떠올랐다.

"이건 제 예감입니다만 곧 다시 만나게 될 것 같군요. 우리의 보호를 받는 것과 우리와 손을 잡는 것 중 어느 쪽이 강 선생에게 좋은지, 잘 생각해 두셔야 할 겁니다."

"……."

그 말을 끝으로 박영찬은 떠나갔다.

우두커니 서 있던 강유진은 소파에 풀썩 몸을 던졌다.

"뭐야? 감시를 받겠냐, 손을 잡겠냐 둘 중에 하나를 고르라 이건가?"

강유진의 입에서 한숨이 흘러나왔다. 감시와 협조, 어느 쪽이라고 해도 골치 아프기는 마찬가지였다.

박영찬이 병원 주차장 구석에 주차되어 있던 밴의 뒷문을 가볍게 두드렸다.

뒷문이 열리며 한 남자가 얼굴을 내밀었다.

"아, 부장님……."

박영찬이 올라타자 밴의 뒷문이 다시 굳게 닫혔다.

"최 팀장, 강유진의 보호등급을 S급으로 올리고, 24시간 밀착 감시해. 그리고 병실에 몇 개의 장비가 설치되어 있나?"

"부장님이 아까 부순 것 외에 하나가 더 남아 있습니다."

"두 개 더 달고, 하루 세 번씩 작동상태 확인해. 그리고 만약을 대비해서 레이저 도청장비도 준비해 둬."

"레이저까지요?"

"그래. 강유진이 도청기를 제거해 버리면 창문에 레이저라도 쏴야 할 거 아냐."

"그 정도로 중요한 인물입니까?"

"누구? 강유진?"

"예."

"그걸 알려고 도청하는 거야."

"아, 알겠습니다."

박영찬 부장의 얼굴에 회심의 미소가 떠올랐다.

탑골에서의 어처구니없는 실패로 한동안 얼굴을 들고 다니지 못했다. 하지만 다시 한 번 도약할 수 있는 기회가 찾아왔다.

'강유진…… 너는 대체 누구냐?'

제3화

특이능력 서민

박영찬과의 만남 이후로 강유진은 아무것도 하지 못했다. 뒤늦게 자신이 24시간 감시당하고 있다는 것을 알았기 때문이다. 사람들이 많은 곳에 가면 무의식적으로 주변을 힐끔거렸고, 병실의 전화는 아예 쓸 생각도 하지 못했다. 박영찬의 퍼포먼스가 오히려 경각심을 더 불러 일으켰던 것이다.

아케론닷컴의 접속은 꿈도 꾸지 않았다. 자신이 카론이라는 사실을 알리고 싶지 않아서다. 물론 박영찬을 끝까지 속일 수 있으리라고 생각하지는 않았다. 하지만 아직은 알게 하고 싶지 않았다. 최소한 김정숙 씨의 의뢰를 끝낼 때까지만이라도 비밀을 지키고 싶었다. 지인을 살해하고, 자신마저 죽이려고 했던 사람들에 대한 응징을 하고 싶어서다.

경찰에는 말을 하지 않았지만 누가 사주했는지는 짐작하고 있었다. TV와 신문에 3인조 강도에 대한 기사가 없는 것을 보면 뻔하다. 3인조 강도의 집안에서 범죄를 숨기기로 한 것이다. 그들에게는 모든 걸 알고 있는 자신이 눈엣가시였을 것이다. 박 경장에게도 자료를 넘겼는데 조용한 걸 보면 3인조 강도의 집안은 생각보다 더 대단할지도 모른다.

그럴수록 피가 끓었다. 공권력이 모른 척 눈감아 주었으니 이제는 자신의 손으로 끝낼 생각이다. 어쩌면 처음부터 그래야 했는지 모른다. 인간의 양심과 공권력의 엄정함을 너무 믿었다. 부정부패가 만연한 세상을 살았으면서 왜 그랬을까?

결의를 다지는 동안 휴대전화로 문자가 들어왔다.

전화기를 꺼내 보니 아케론닷컴에 새 글이 등록됐다는 알림글이다.

좋아서 방방 뛰던 평소와 달리 강유진은 묵묵히 문자를 지웠다. 어떤 의뢰인지는 모르지만 지금은 참아야 했다.

다시 하루가 지났다.

오전에 다시 한 차례 정밀검사를 받았다. 특실에 따라붙는 쓸데없는 검사들이다. 결과는 정상이었다.

그래도 병실 밖으로 나가지 않았다.

오후에 신은미가 과일을 한 바구니 사들고 왔지만 이런저런 핑

계로 돌려보냈다.

무료해서 침상에서 뒹굴고 있는데 임지연이 전화를 했다.

하지만 도청당한다고 생각하니 신경이 쓰였다.

자꾸 어색하게 상대의 말을 끊자 눈치 빠른 임지연은 '도청인가요?' 라는 말을 끝으로 전화를 끊었다. 임지연으로서도 반갑지 않은 현실이었으리라.

이래저래 답답한 하루였다.

마침내 4시가 되자 강유진은 더 이상 참지 못하고 병실을 나섰다.

가장 먼저 홍익지구대로 가볼 생각이었다. 가서 박 경장이 왜 3인조 강도를 고발하지 않았는지 확인할 작정이다. 비디오 테잎 앞에서 뭉기적거리던 박 경장과의 첫 만남을 생각하면 크게 기대할 것도 없었다. 그럼에도 가려는 것은 자신의 어리석은 결정을 확인하기 위해서다. 그래야 다시는 같은 일을 반복하지 않을 것 같았다.

강유진은 혹시라도 있을지 모를 미행을 따돌리기 위해 택시에서 내려 전철을 몇 번이나 갈아탔다.

홍익지구대에 도착한 것은 5시가 지나서였다.

하지만 박 경장은 홍익지구대에 없었다.

지구대 안을 두리번거리던 강유진은 뒤늦게 한동민 경사를 발견하고 그에게로 다가갔다.

"실례합니다. 박경철 경장을 찾아왔는데요."

"헛! 혹시 홍대 근처에서 스낵카 하던……."

"예, 그 스낵카 주인입니다."

"와아! 괜찮아요? 다들 죽었다고 하던데…… 아, 실례했습니다."

한동민 경사가 머쓱한 표정을 지어 보였다. 깜짝 놀라서 한 말이지만 당사자 앞에서 꺼낼 소리는 아니었다.

"괜찮습니다. 운이 좋았습니다."

"그런데 박경철 경장은 무슨 일로 찾는 겁니까?"

되묻는 한동민 경사의 표정이 좋지 않았다.

"아, 뭘 좀 알아볼 게 있어서요."

"……."

한참 망설이던 한동민 경사가 침통한 어조로 답했다.

"박 경장 한 달 전에 실종됐습니다."

"예?"

"작년 크리스마스쯤인가…… 가족들에게 여행 중이라고 전화를 하고…… 그 뒤로 감감무소식입니다. 사고라도 당한 건지……. 하여튼 박 경장 가족들이 실종신고까지 한 상태니까…… 당분간 만나기 어려울 겁니다. 그건 그렇고, 3인조 강도 때문에 박 경장을 찾아온 거죠?"

"예……."

"그 스낵카에 마(魔)가 낀 거 아닙니까? 직원은 칼 맞아 죽고, 사장은 총에 맞고…… 쯧!"

한동민 경사를 통해 알 수 있는 것은 그게 전부였다.

강유진은 간단한 목례를 하고 홍익지구대를 떠났다.

지하철역으로 가는 내내 마음이 무거웠다. 아직은 느낌에 불과하지만 박 경장에게 준 자료 때문에 좋지 않은 일이 생긴 것 같았다.

'결국 3인조 강도들의 집안과 관계된 일인가?'

그쪽에서 자신에게 감시를 붙이고 손을 쓴 것일 수도 있다. 평범하게 살던 과거에는 감시를 당한다는 것이 남의 일 같았지만, 지금은 달랐다.

'내가 너무 안일하게 대처했던 걸까?'

3인조 강도의 집안에서 범죄 사실을 덮고자 한다면 사람을 고용해 자신에게 해를 가할 수도 있었다. 절박한 상황에 몰렸으니 무슨 짓인들 못 할까?

"아아!"

강유진의 입에서 장탄식이 흘러나왔다. 뒤늦게 자신이 아케론 닷컴을 통해 하고 있는 일의 심각성을 깨달은 것이다. 생사를 넘나드는 일을 하고 있었으면서 정작 자신은 그 위험에 무감각했다. 그 결과가 저격과 경관의 실종으로 나타난 셈이다.

강유진은 박 경장이 어딘가에 살아 있기만을 바랐다. 살아 있다면 무슨 수를 써서라도 그를 구해낼 것이다.

하지만 그건 실현 불가능한 바람일지도 모른다. 자신이 총에 맞았다면 그에게도 그 비슷한 일이 벌어졌을 것이기 때문이다.

"그렇다면 다시 이기백 사장을 만나봐야겠군."

세 집안 사람들 중 가장 근성이 없어 보이던 인화건설의 이기백 사장이라면, 자신이 궁금해 하는 문제에 답을 줄 것이다. 강유진의 눈빛이 차갑게 빛났다.

*　　*　　*

"부장님, 아무래도 이걸 한번 보셔야 할 것 같습니다."

박영찬 부장이 최병국 팀장의 뒤로 다가갔다.

"뭔데 그러나?"

"강유진의 스낵카가 영업하고 있던 지역들을 조사하던 중에 이상한 걸 찾아냈습니다. 이걸 좀 보십시오. 유튜브에 올라온 '17:1의 전설'이라는 동영상입니다."

최병국 팀장이 파일 하나를 클릭했다.

곧이어 밤거리에서 싸우고 있는 남자들의 모습이 나타났다. 휴대폰으로 찍어서인지 화질이 흐리고 크기도 작아 누가 누군지 알아보기 쉽지 않았다.

박영찬 부장은 조악한 화면에 질렸지만 참을성 있게 기다렸다.

최 팀장이 보라고 할 때는 이유가 있을 것이기 때문이다.

“17명의 조폭을 이 남자 혼자서 때려눕히는 장면입니다. 처음에는 저도 조작이나 연출인 줄 알았는데요. 아무래도 느낌이 이상해서…… 확대를 해보니…… 연출이면 몰라도 조작된 영상은 아니었습니다. 그래서 흐릿한 얼굴을 3차원 보정으로 재구성하고, 안면인식 프로그램으로 검사해 봤습니다. 보십쇼. 혼자서 싸우던 남자와 상대편 조폭 우두머리로 보이는 남자입니다.”

말과 함께 최병국 팀장이 마우스를 클릭했다.

남자의 얼굴이 천천히 확대됐다.

거의 동시에 박영찬 부장의 입에서 침음성이 흘러나왔다.

“으음! 강유진인가!”

“그렇습니다. 그리고 상대편 남자는 한영권입니다. 마포 일신상사의 대표죠. 지난 크리스마스를 전후로 실종되었습니다만. 어쨌든 이 동영상은 진품이었습니다. 믿어지지 않습니다만 강유진이 혼자서 일신상사를 박살 낸 겁니다. 그걸 지나가던 누군가가 휴대폰으로 찍어 유튜브에 올렸던 거고요.”

최병국 팀장의 음성이 가볍게 떨렸다. 평범해 보이는 강유진에게 저런 힘이 있다는 사실이 믿어지지 않았던 것이다.

“저 사람 대단한 싸움꾼이었구먼.”

“그것만이 아닙니다.”

“또 뭐가 있나?”

"이건 지난 연말에 올라왔다가…… 조작이라고 욕만 잔뜩 먹은 동영상입니다. 제가 인터넷에서 강유진의 이름을 검색하다가 우연히 건진 건데요."

최병국 팀장이 또 다른 동영상 파일을 열었다.

왁자지껄한 소리와 함께 사람들의 머리통이 나타났다.

역시 휴대폰으로 찍은 것이라 화면은 작았지만 보이는 것은 놀라웠다. 거대한 물벽이 펼쳐지는가 하면, 불덩어리가 날아다녔다. 가끔씩 드러나는 배경은 분명히 강당이었다. 불덩어리를 향해 물대포가 날아가고, 이내 자욱한 안개에 휩싸였다.

"이 물벽이 사라질 때 남자의 얼굴이 언뜻 나왔는데…… 역시 3차원 보정으로 재구성한 후에 안면인식 프로그램으로 돌려봤습니다."

화면에 다시 한 남자의 얼굴이 확대됐다.

"강유진?"

"그렇습니다. 일산의 해리아동복지회에서 지난해 크리스마스에 개최됐던 마술 쇼의 동영상입니다. 동영상의 소갯글에 따르면…… 마술사 최현웅이 초대됐는데 일정을 핑계로 이십 분 만에 가버렸답니다. 그를 대신해서 강유진이 무대에 올라가 이 마술을 보여줬답니다. 사람들은 저걸 조작이라고 하는데…… 동영상 자체에는 조작된 흔적이 없습니다. 참고로 물벽의 크기로 봐서 20톤 이상의 물이 사용된 것 같습니다만…… 진짜 물일 리는 없고……

어떤 눈속임을 사용한 건지 정말 놀랍습니다.”
“휴우~ 그나저나 저런 걸 어떻게 찾아냈나?”
“요즘 너도 나도 할 것 없이 휴대폰으로 동영상을 찍지 않습니까? ‘17:1의 전설’이라는 걸 보고 난 뒤에 혹시나 다른 기록이 있을까 싶어서 강유진의 이름으로 검색을 해봤습니다. 그랬더니 아니나 다를까? ‘강유진 마술 쇼’라는 동영상이 뜨더라고요.”
“지금 본 자료는 대외비(對外秘)로 처리하게.”
“기밀입니까?”
“그래. 강유진에 관해서는 이미 S급으로 분류해 두었으니까, 아무도 알아서는 안 돼. 그리고 저 동영상들 모두 삭제 요청하게. 인터넷에 강유진과 관계된 영상물이 떠돌아 다녀서는 안 되네.”
“알겠습니다.”
박영찬 부장의 입에서 장탄식이 흘러나왔다.
“하아! 불량배와 시비가 있었다더니…… 상대가 일신상사였군. 저 정도면 시비가 아니라 거의 전쟁 수준이잖나.”
“그렇습니다.”
“흠, 일신상사에서 강유진에게 테러를 가했을지도 모르겠군.”
“일신상사에서 킬러를 고용했을 확률이 높습니다.”
“지금 강유진은 어디에 있지?”
“삼성동에 있습니다.”
“삼성동? 거긴 연고자가 없잖나? 슬슬 해가 떨어질 시간인데 병원으로 돌아가지 않고 삼성동이라……. 이래저래 알 수 없는 친구로군.”

“그리고 부장님, 백두산의 요원들 보강을 좀 해주십시오. 현재 2교대 중인데 공간이 협소해서 피로도가 극심합니다.”

박영찬 부장이 최 팀장의 얼굴을 힐끔 바라보았다.

백두산은 서울대학병원 주차장에 있는 감청전용 차량의 암호명이다. 네 명이 2인 1조로 근무하려니 힘에 겨운 모양이다.

최병국 팀장이 슬그머니 눈을 내리 깔았다.

잠시 생각하던 박영찬이 최병국의 어깨를 툭툭 쳤다.

“내일 차장님께 정식으로 건의하겠네. 그때까지만 버텨봐.”

“알겠습니다.”

“강유진과 일신상사가 왜 전쟁을 했는지도 알아보고.”

“예.”

사실과는 거리가 좀 멀었지만, 박영찬 부장과 최병국 팀장은 강유진 테러의 배후에 일신상사가 있다고 잠정 결론 내렸다. 이로써 강유진은 ‘조용히 숨어 살고 싶은’ 본인의 바람과 달리 요주의 인물로 급부상하고 말았다.

*　　*　　*

강유진이 멈춰 선 곳은 청담역에서 칠 분 거리에 있다는 삼성동

유파크아파트다. 인화건설 사장 이기백 일가가 살고 있는 곳이었다.

그러나 강유진은 아파트 안으로 들어가지 못했다.

단지 초입에서부터 주민등록증을 검사하고 무슨 일로 왔느냐고 꼬치꼬치 물어대는데, 얼렁뚱땅 넘길 재간이 없었다.

"쩝, 이번에도 인화건설로 찾아가야겠군……."

그러고 보니 지난번에도 헛걸음질을 했던 기억이 새록새록 떠오른다. 그때도 투덜거리며 청담역까지 걸어갔었다.

문득 시계를 보니 6시. 퇴근 시간을 생각하니 아슬아슬하다.

그래도 일단 서둘러 한남동으로 가기로 했다.

인화건설은 한남대교 건너편에 있는지라 전철보다 택시가 더 빠르다.

강유진은 도로변으로 내려가 택시를 잡아탔다.

"어떻게 오셨어요?"

처음 보는 여직원의 물음에 강유진이 웃으며 답했다.

"이기백 사장님을 만나러 왔습니다. 아직 퇴근 안 하셨죠?"

"네, 계시긴 한데…… 사장님과 시간 약속하고 오신 건가요? 사장님 퇴근하실 시간이라……."

여직원이 사내가 열고 들어온 문 뒤쪽을 힐끔거렸다. 경비과 직원들은 뭐하고 있기에 비서실까지 낯선 남자를 들여보낸단 말인가?

하지만 머뭇거림도 잠시다.

호빠에서 방금 튀어 나온 것같이 미끈한 사내의 말에 여직원은 자리에서 일어나지 않을 수 없었다.

"당연히 만날 약속하고 온 겁니다. 들어가서 강유진이 찾아왔다고 전해주세요."

"아, 네, 잠시만 기다려 주세요."

여직원이 안쪽의 사무실로 들어갔다.

잠시 후 다시 나온 여직원의 안내로 강유진은 이기백 사장의 사무실로 들어갈 수 있었다.

"오, 오랜만입니다."

이기백 사장이 귀신을 본 얼굴로 먼저 인사를 했다.

강유진이 가볍게 고개를 끄덕이며 소파에 깊숙이 몸을 묻었다. 마치 자기 집 거실에라도 앉는 것처럼 편안한 자세다.

허둥거리던 이기백 사장이 비서에게 말했다.

"미스 김, 먼저들 퇴근하라고 하세요."

"네, 차라도 내올까요?"

"아, 아니야. 미스 김도 퇴근해."

여직원이 의아한 눈으로 사장과 강유진을 번갈아 바라보았다. 늘 당당하던 사장이 마치 뱀 앞의 개구리처럼 잔뜩 위축되어 있었다.

'조폭인가?'

여직원이 경찰에 신고라도 해야 하나 망설이고 있을 때다.

이기백 사장이 어색하게 웃으며 다시 말했다.

"내 개인 손님이니까…… 미스 김도 어서 가."

그제야 여직원이 조심스럽게 사장실에서 물러갔다.

여직원이 나가고도 한참 동안 이기백 사장은 아무 말도 하지 않았다.

이기백 사장은 마지막 직원까지 나가고 문밖이 잠잠해지자 비로소 입을 열었다.

"그, 그동안 잘 지내셨습니까?"

"……."

강유진은 대답 대신 절반쯤 감은 눈으로 이기백 사장을 바라보았다.

"일단 어린쥐 주스라도 좀 마십시다. 갈 길도 먼데. 게다가 난 체력 회복을 하려면 잘 먹어야 하거든요. 피를 많이 흘렸기 때문에……."

"아, 예, 예, 냉장고에 오렌지 주스가 좀 있습니다."

이기백이 허둥지둥 일어나 냉장고 문을 열고 주스를 몇 개 꺼냈다.

주스를 몇 모금 마신 강유진이 다시 말했다.

"안주는?"

"예? 안주요? 아, 있습니다. 잠시만요."

이기백 사장이 냉장고와 선반을 뒤져 마른안주 몇 가지를 가지고 왔다. 가끔씩 발렌타인 21년산을 자작자음(自酌自飮)할 때 애용하던 안주들이다.

강유진은 말없이 꾹꾹 씹어 먹기만 했다.

한참 동안 눈치를 살피던 이기백 사장이 조심스럽게 물었다.

"저어…… 입맛에 맞으십니까?"

"박경철 경장, 어떻게 됐습니까."

"……."

갑작스러운 질문에 이기백 사장은 눈만 멀뚱거렸다.

아닌 밤중에 홍두깨라고 박경철 경장이 누구란 말인가?

그런 이기백 사장을 보며 강유진이 말을 이었다.

"홍익지구대의 박경철 경장이 실종됐더군요. 당신들이 한 짓 아닙니까."

무겁게 가라앉은 강유진의 음성에 이기백 사장은 소름이 살짝 돋았다. 담담한 음성이지만 왠지 살기가 느껴진 탓이다. 하지만 박경철 경장에 대해서는 아는 바가 없었다.

"무, 무슨 말씀을 하시는 건지…… 도통…… 저는 처음 들어보는 이름입니다."

"그럼 내가 총에 맞은 것도 몰랐겠군요."

"초, 총에 맞으셨습니까?"

이기백 사장이 화들짝 놀란 얼굴로 되물었다.

이 자리에서 살아나려면 모른 척해야 한다. 지난해 겨울 강유진이 찾아왔을 때 용역깡패들을 불러 처리하려고 한 적이 있다. 열 명의 자칭 잘나간다는 용역깡패들이 팔다리가 부러져 나뒹굴기까지 걸린 시간은 오 분 남짓. 그날의 일을 생각하면 자다가도 벌떡 일어날 정도다.

강유진이 피식 실소를 흘렸다.

“후후, 바람직한 태도입니다. 온몸의 뼈가 다 부러질 때쯤이면…… 흐릿하던 기억이 선명해지겠죠? 어차피 쉽게 털어놓지 않을 거라는 생각은 하고 왔습니다. 그러니 아무쪼록 오래 버텨주기를 바랍니다. 나도 가슴에 구멍이 났는데…… 복수할 시간은 있어야 할 게 아닙니까?”

“저, 정말 모르는 일입니다.”

“그렇게 말씀해 주시면 고맙죠.”

말과 함께 강유진이 자리에서 일어섰다.

이기백 사장이 흠칫 놀란 얼굴로 강유진을 바라보았다.

“저, 정말, 저는 박경철이라는 남자를 모릅니다. 믿어주십시오.”

“믿습니다.”

강유진이 대뜸 이기백의 쇄골을 움켜잡았다.

“미, 믿으신다면서 왜 이러십니까…….”

"그걸 모르겠습니다. 내가 왜 이러는지. 그걸 좀 알려주시면 감사하겠습니다."

강유진의 손가락이 쇄골의 움푹 파인 곳으로 조금씩 파고들었다.

"으아악! 사, 살려주십쇼. 왜 이러십니까!"

강유진이 무심하게 중얼거렸다.

"왜 이러냐고요? 난 집도 없고, 가족도 없고, 가진 거라고는 스낵카 한 대뿐입니다. 당신과 달리 지켜야 할 게 아무것도 없는 사람이지요. 이걸 확 잡아 뜯고…… 정처없이 떠돌아 다녀도 좋은 사람이라는 뜻입니다. 뭐, 그러다가 상해죄로 잡혀 들어가도 괜찮습니다. 정상 참작이 좀 되겠죠? 안 돼도 그만입니다. 벌어먹고 살기 힘든 마당에 국립호텔을 마다할 이유가 없죠. 일부러 들어가는 사람들도 있다던데……."

"사, 살려주……."

강유진이 이기백의 귓가에 속삭였다.

"당신은…… 짐승 같은 아들을 위해 죽을 각오가 되어 있습니까? 가슴의 뼈가 뜯겨진 채 말이죠. 난 각오가 되어 있습니다. 어차피 한번 죽었는데 겁날 게 뭐가 있겠습니까?"

"윽! 제, 제발……."

강유진이 손끝에 힘을 실었다.

"끄아악! 그만! 그만!"

"쯧, 너무 겁먹을 필요 없습니다. 잡아 뜯어놓고 119를 불러드리지요. 차가 막히지 않으면 별일 없을지도 모릅니다. 물론 아프기야 하겠지만……."

손이 쇄골뼈 안으로 점점 더 파고들었다.

"아악!"

"이런, 벌써부터 힘을 쓰셔도 되겠습니까? 아직 본편은 시작도 안 했는데……."

이기백 사장의 얼굴이 하얗게 탈색됐다.

상대의 얼굴을 보니 진심인 것 같다. 그는 죽일 각오로 찾아왔다. 그리고 자신의 힘으로는 이 지옥에서 벗어날 길이 없다. 결국 털어놓을 수밖에 없는 것이다.

"그, 그만, 모두 말씀드리겠습니다!"

…….

순간 거짓말처럼 고통이 물러갔다.

쇄골에서 손을 뺀 강유진은 이기백 사장의 맞은편으로 돌아갔다.

"쯧, 결심을 빨리 했으면 아프지도 않았을 텐데……. 세 사람을 모두 만나볼 생각이니까, 거짓말은 하지 않는 게 좋을 겁니다. 법이든 주먹이든 본인이 원하는 걸 택하세요."

자수를 하든 다른 킬러를 고용하든 신경 쓰지 않겠다는 뜻이다.

이기백 사장이 땀을 뻘뻘 흘리며 말했다.

"으으…… 작년 12월 중순쯤 일신상사의 강한일이 연락을 했습니다. 선생님을 처리해 주는 대신 7억을 요구하더군요. 양문호 사장과 박 의원이 그렇게 해주자고 해서…… 양문호 사장과 7억을 만들어 보냈습니다. 용서해 주십시오. 하지만 그게 전부입니다. 경찰은 모릅니다. 아무리 우리가 파렴치한 사람들이라고 해도…… 경찰을 청부살해할 정도는 아닙니다. 정말입니다."

강유진이 싸늘한 눈으로 이기백 사장을 노려보았다.

"묘한 논리군요. 경찰은 안 되는데 나는 된다? 내가 죽어도 되는 이유가 뭘까요?"

"그게…… 선생님이 조폭이라는 생각에…… 우리가 넘지 말아야 할 선을 넘었던 것 같습니다."

"아! 그런 심오한 뜻이? 상대가 조폭이면 몰래 죽여도 된다? 그것도 자기 자식들의 강도살인 행각을 감추기 위해서? 참 대단한 의협심입니다그려."

"……용서해 주십시오."

이기백 사장이 고개를 떨구었다.

"이렇게 되면 자식들은 강도살인이고, 아버지들은 살인교사가 되나요? 자식들이 강도가 된 데에는 그만한 이유가 있었던 거군요. 콩 심은 데 콩 나고 팥 심은 데 팥 난다던가……."

"요, 용서를……."

"제가 속이 좁아서 그건 좀 어렵겠군요. 그럼 나중에 보도록 하죠."

"어, 어디서?"

"법정이죠."

강유진은 뒤도 돌아보지 않고 떠났다.

강유진이 나가자마자 이기백 사장은 황급히 휴대전화를 꺼냈다.

"어이쿠! 이 사장님, 어쩐 일이십니까? 대전에 큰 공사를 따내셨다고 하시더니…… 대출이라도 하시려고요?"

양문호 사장의 인사에 이기백 사장이 다급하게 소리쳤다.

"큰일 났어요! 큰일! 그 남자가 살아 있습니다!"

"그 남자라뇨?"

"일신상사에서 처리했다던 남자 있잖습니까! 그 남자가 방금 제 사무실에 찾아왔었습니다!"

"……."

놀란 양문호 사장은 일순 아무런 말도 하지 못했다.

그 남자가 찾아왔단다.

'설마 그 깡패 새끼들이 사기를 친 건가!'

그게 아니라면 어떻게 죽었다는 사람이 다시 나타난단 말인가?

대책을 궁리하느라 머리를 부지런히 굴렸지만 답이 없었다. 상대가 어디 보통 사람이던가! 수십 명의 용역깡패와 조폭들을 단신으로 제압한 싸움의 귀재다.

"이 사장님, 혹시 그 남자가 일신상사와 짜고 그러는 게 아닐까요? 그렇지 않아도 일신상사에서 협박을 받고 있는데, 그 남자까지 다시 찾아왔다니…… 공교롭지 않습니까?"

"아무래도 그건 아닌 것 같습니다. 일신상사랑 이 남자는 다른 것 같아요."

"사람 속은 모르는 일이지요. 그것들이 짜고서 몸값만 높이려는 것일 수도 있지 않겠습니까?"

"그게 아니라니까요. 일신상사에서 경찰도 죽인 것 같습니다."

"네에? 경찰요?"

"그 남자가 홍익지구대의 박 뭐라고 하는 경찰을 어떻게 했느냐고 묻더라고요. 우리가 일신상사를 시켜서 경찰도 죽였다고 생각하는 것 같았습니다."

"아니, 우리가 왜 경찰에 손을 댑니까?"

"내 말이요. 겨우 경찰과는 무관하다, 모두가 일신상사에서 한 일이다, 라고 해명은 했습니다."

"지금 그 남자에게 우리가 살인교사를 했다고 자백했다는 겁니까?"

"그럼 어쩝니까? 당장 죽이겠다고 달려드는데…… 양 사장님도 그 남자 아시잖습니까? 우리 같은 보통 사람은 당해낼 재간이 없어요."

"그래서요?"

"할 수 없이 다 말했지요. 말하지 않으면 당장 때려죽일 것처럼 펄펄 뛰는데……. 지금도 빗장뼈(쇄골)가 욱신거립니다. 저 죽을 뻔했습니다."

"허어! 그래서 그놈이 어떻게 할 것 같습니까?"

"우리 세 사람을 모두 만나겠다고 하더군요. 내가 한 말을 휴대폰으로 다 녹음해 갔어요. 아마 다른 분들에게도 그렇게 할 것 같습니다."

"녹음까지요?"

"그렇다니까요. 경찰이고 뭐고 잘 안 믿는 것 같아요. 나 같으면 그냥 경찰서로 냅다 달려갈 것 같은데…… 자기 손으로 증거자료를 만들고 있잖아요. 이제 우리는 어떻게 합니까? 경찰들 몰려올 때까지 기다리고 있어야 합니까? 아니면 자수라도?"

"허어! 이런 때일수록 마음을 단단히 먹어야지요. 우리가 흔들리면 안 됩니다. 내가 박 의원님께 전화를 드리겠습니다. 아무래도 이런 일은 우리보다 박 의원님이 더 잘 아실 테니까요."

"빨리 알려드리세요. 이러다가 우리 모두 죽습니다."

"박 의원님이 안 나서서 그렇지, 본격적으로 움직이기만 하면…… 그놈은 이미 죽은 목숨입니다. 일신상사 문제도 알아서 해결하겠다고 하지 않으셨습니까? 그러니 너무 심려하지 마십시오. 이번에도 잘 처리해 주실 겁니다."

"아휴, 어디서 그런 괴물이 튀어 나와서 이렇게 평지풍파(平地風波)를 일으키는지……. 하여튼 나는 양 사장님과 박 의원님만 믿고 있겠습니다."

"알겠습니다. 병원에나 다녀오세요."

말과 함께 양 사장이 급하게 전화를 끊었다.

멍하니 서 있던 이기백 사장은 책상 위로 휴대전화를 내던지고 소파에 털썩 주저앉았다.

한참 동안 멍하니 허공을 응시하던 이기백 사장은 진열장에서 발렌타인 21년산을 꺼냈다. 그리고 안주도 없이 강술을 마시기 시작했다.

단숨에 한 병을 다 비운 이기백 사장이 소파 뒤로 머리를 기댔다.

한숨이 저절로 나왔다.

어디서부터 잘못된 것일까?

양 사장과의 통화로도 불안이 가시지 않았다.

정체불명의 남자는 상식을 초월한 사람이었다. 돈도 안 통하고, 용역깡패들을 고용해도 안 된다. 어쩌다가 그런 남자와 엮이게 됐는지 생각할수록 답답했다.

* * *

서초구 내곡동의 국가정보원청사에 두 사람이 마주 앉아 있었다. 요즘 들어 자주 모임을 갖게 된 2차장 조성호와 대테러분과 부장 박영찬이다.

조성호 차장이 다 읽은 서류 뭉치를 내려놓으며 중얼거렸다.

“지금 이걸 믿으라는 말입니까?”

“믿어지지 않으시겠지만, 그래도 사실입니다. 안면인식 프로그램에 99.9% 강유진이라고 나왔습니다. 격투를 목격한 홍대 근처의 상인과 마술 쇼를 찍은 해리아동복지회 직원의 증언도 확보했습니다.”

“하아! 그러니까…… 박 부장의 말은 강유진이 탑골에서 초고대문명의 뭔가를 얻었고, 그 결과 지금과 같은 능력자가 됐다는 말이지요?”

“그렇습니다.”

“본인이 아니라고 한다면요?”

“어렵지만 자백을 이끌어낼 한 가지 방법이 있습니다. 그건 김미연 요원의 도움이 필요합니다.”

조성호 차장이 인상을 찡그렸다.

지원팀으로 가 있는 김미연을 대테러분과에서 써야 한다고 하니 답답했다. 그렇지 않아도 깐깐한 기획조정실에 협조를 요청해야 하기 때문이다.

“대테러분과에도 사람이 있을 텐데…… 왜 지원팀 요원을 쓰려고 합니까?"

"김미연 요원이 지질학자이기 때문입니다. 강유진과 안면을 익힌 사이이기도 하고요."

"지질학자가 필요한 작전이라는 말입니까?"

"그렇습니다."

"설명을 듣고 싶군요."

조성호 차장이 강하게 압박을 가했다.

머뭇거리던 박영찬 부장이 체념한 듯 말했다.

"모험입니다만…… 강유진에게 지하에서 촬영된 손자국을 보여줄 생각입니다."

"그건 폐기하라고 했을 텐데…… 아직 남아 있었습니까?"

"만일을 대비해서 자료실에 사진만 따로 보내놨었습니다. 기밀 유지 기간을 오십 년으로 했으니…… 우리가 살아 있는 동안에는 누구도 볼 수 없을 겁니다."

"그리고요?"

조성호 차장은 그 문제를 더 이상 거론하지 않았다. 폐기하지 않은 덕분에 도움이 되었으니 다행이라고 생각한 것이다.

"탑골의 싱크홀(sinkhole)에서 채집한 암석결정에서 그의 지문이 나왔다고 떠볼 생각입니다."

"강유진이 지하에 내려갔었다면 자백할 거라는 겁니까?"

"그렇습니다."

"사진 속의 손자국이 그의 것이어야 먹혀들 거짓말이겠군요."

"저는 강유진의 것이라고 확신하고 있습니다. 오파츠라는 말에 그가 당황하는 것을 보았습니다."

"흐음! 좋습니다. 그런데 만약 그것이 강유진의 손자국이라면 어떻게 할 생각입니까?"

"그건 그가 특이능력자(特異能力者)라는 사실을 증명하는 것입니다. 그가 특이능력자라면 국가를 위해 봉사하게 만들어야죠. 지난해 미국과 러시아와 중국에 특이능력자 조직이 활동하고 있다는 첩보가 있지 않았습니까? 우리도 국가 차원에서 그를 활용해야 한다고 봅니다."

"그러기 위해서는 필히 강유진이 특이능력자여야겠군요."

"차장님도 동영상을 봐서 알겠지만…… 그는 분명히 특이능력자입니다."

"대한민국에 특이능력자라, 좋습니다. 최대한 빨리 작전을 진행시켜 보세요. 나도 결과가 어떻게 나올지 궁금합니다."

"예."

다시 서류를 들척이던 조성호 차장이 건성으로 물었다.

"그런데 박 부장님은 정말 오파츠니 특이능력자니 하는 것들이 세상에 있다고 믿으십니까?"

"저는 보이는 것만 믿으려고 노력하는 편입니다."

"그렇군요. 잘 알았습니다."

"그럼 이만."

목례와 함께 박영찬 부장이 돌아섰을 때다.

조성호 차장이 확인하듯 물었다.

"참, 강유진의 신원조회는 문제가 없었지만…… 애국심과 정의에 대한 신념은 믿을 만한 겁니까?"

"군 복무를 정상적으로 마쳤고, 전과가 없다는 것 외에는 아직 이렇다 할……."

박영찬 부장이 풀죽은 음성으로 중얼거렸다. 국가를 위해 봉사하게 해야 한다고 주장한 사람이 정작 기본적인 것조차 확인하지 못했다는 자책이 든 까닭이다.

그런 박영찬 부장을 위로하듯 조성호 차장이 말했다.

"일단 군대를 갔다 왔다니 애국심 하나는 믿어도 되겠군요."

"요즘 세태에서는 확실히 그렇습니다."

제4화

영화와 현실

인화건설에서 나온 강유진이 향한 곳은 동대문역사문화공원역이었다. 김정숙 씨를 볼모로 협박하던 태성실업을 찾아가려는 것이다. 저녁을 동대문역사문화공원역 근처의 패스트 푸드점에서 간단하게 해결한 강유진이 러쉬빌딩에 도착한 시간은 저녁 8시 30분이다.

조금 늦었다고 걱정했는데 다행히 태성실업은 아직 환하게 불을 밝히고 있었다.

어두운 골목길에서 묵묵히 태성실업을 올려다보던 강유진이 빌딩 안으로 걸어 들어갔다.

좁은 계단을 올라가니 마침 철문이 한 뼘 정도 열려 있다. 드나

들면서 문을 꽉 닫지 않았던 모양이다.

강유진이 천천히 강철문을 열고 안으로 들어갔다.

순간 소파에 둘러앉아 포커를 치고 있던 사내들의 시선이 일제히 강유진에게로 향했다. 그들 중 몇의 얼굴이 공포로 금세 하얗게 질려갔다.

강유진을 알지 못하는 신참 몇이 자리에서 일어났다.

순간 강유진이 사무실을 둘러보며 들으라는 듯 중얼거렸다.

"발전이 없어, 발전이. 여기가 무슨 라스베가스냐? 올 때마다 포커판이야……."

제법 날렵하게 생긴 청년이 불청객의 아래위를 살피며 물었다.

"누구십니까?"

툭하면 칼부림을 일삼는 조폭들치고는 상당히 정중하다. 강유진의 행동이 너무 자연스러워서 조직의 사람이라고 오해를 한 모양이다.

"알 거 없고, 태성이 어딨냐?"

놀란 청년이 소파에 있는 형님들 쪽으로 고개를 돌렸다.

뒤늦게 최명국이 엉거주춤 자리에서 일어났다.

"크, 큰형님은…… 외근 나가셨는데요."

강유진이 소파로 뚜벅뚜벅 다가갔다.

소파에 앉아 있던 청년들이 우르르 일어섰다. 다들 강유진에게 된통 당한 기억이 있는지라 거의 반사적인 행동이었다.

강유진은 보란 듯이 편안하게 소파에 걸터앉았다. 그리고 이십 대 중반으로 보이는 사내와 눈을 맞췄다.

"너, 나 알지?"

사대천왕의 하나로 태성실업의 행동대장인 박기태가 미친 듯이 고개를 끄덕였다.

"예, 예, 알고 있습니다!"

작년에 자신의 팔을 생으로 부러뜨린 남자이니 모를 리가 없지 않은가?

"시원한 생수 하나 가져와. 유통기한 잘 보고."

"예? 예!"

박기태가 사면령이라도 받은 얼굴로 뛰어나갔다.

강유진이 이번에는 최명국을 바라보았다.

"당장 태성이 기어 들어오라고 해. 삼십 분 준다."

"예……."

최명국이 휴대전화를 들고 밖으로 나갔다.

강유진을 모르는 청년들은 아직 상황파악이 되지 않는 듯 자기들끼리 연신 눈짓을 했다. 하지만 사대천왕 박기태와 군기 담당 최명국이 절절매는 걸 보면서 감히 입방정을 떨 용자는 없었다.

"하아, 담배 연기로 공기가 탁하다. 환기 좀 해라."

강유진의 말에 우두커니 서 있던 청년들이 부지런히 다니며 창문을 활짝 열었다.

강유진은 사무실에 있는 남자들에게 김정숙 씨에 대해서 묻지 않았다. 어차피 그들 권한 밖의 일이라고 생각한 까닭이다.

박기태가 생수 한 통을 사들고 뛰어 들어왔다.

뒤따라 들어온 최명국이 조심스럽게 강유진의 앞으로 다가갔다.

"큰형님께서 최대한 빨리 오신답니다. 그런데 사십 분쯤 걸릴 것 같은데요……."

"그래? 애들 모으는 데 사십 분 정도 시간을 달라 이거지? 기다려 주지. 간만에 몸 좀 제대로 풀겠는데."

최명국이 강유진의 시선을 슬그머니 외면했다.

확실히 사십 분은 오태성이 동대문사단의 형님들을 모셔오기 위한 시간이었다.

"너 이름이 뭐냐?"

갑작스런 강유진의 질문에 최명국이 습관적으로 머리를 숙이며 답했다.

"예, 최명국입니다!"

최명국의 얼굴에 씁쓰름한 미소가 떠올랐다. 하마터면 자신도 모르게 말끝에 '형님!' 이라고 붙일 뻔했기 때문이다.

"내가 옛정을 생각해서 해주는 말인데…… 병신 되기 싫으면 멀찌감치 도망가 있어라. 오늘 내가 기분이 상당히 꿀꿀하거든."

"……."

최명국은 대답 대신 슬금슬금 뒷걸음질 쳤다.

최명국이 청년들 속으로 파고들었을 때다. 날렵하게 생긴 신참이 나직한 음성으로 물었다.

"형님, 누굽니까? 저거."

"전에 말한 미친개……."

"예? 그냥 좆밥으로 보이는데요……."

"……."

최명국은 의혹으로 가득한 신참의 시선을 외면했다.

샌님처럼 보이는 저 남자가 얼마나 흉악무도한 인간인지는 겪어보기 전에는 모른다. 문득 고등학교 시절에 -여자 구경을 하러 갔던- 교회에서 목사가 한 말이 떠올랐다. 그는 '보지 않고 믿는 사람이 복된 사람이다' 라고 했었다.

* * *

굳게 닫힌 철문 앞에서 칠성파 두목 최두봉이 잠시 숨을 가다듬었다.

"……아직 안에 있는 거 확실하지?"

태성실업의 사장 오태성이 나직이 대답했다.

"있습니다. 그 새끼 나가면 바로 전화하라고 했는데 아직 전화가 없는 걸 보면."

"어이구 씨벌, 사내새끼가 속삭이긴. 똥개도 자기 집 앞에서는 먹고 들어간다는데 오태성이 너무 삭 죽은 거 아니야?"

"……."

광주파의 두목 이승민의 놀림에 오태성의 얼굴이 벌겋게 달아올랐다. 하지만 달리 변명하지 않았다. 상대가 너무 두려웠기 때문이다. 상위 조직인 동대문사단의 두 형님들까지 모셔왔지만 여전히 불안은 가시지 않았다. 굳게 닫힌 강철문을 보니 끔찍한 악몽이 떠올랐다. 달아나지도 못하던 그날의 기억이 말이다.

최두봉이 한걸음 비켜나며 칠성파의 행동대장인 도끼에게 눈짓을 보냈다. 이런 잡스러운 일에 두목이 먼저 나선다는 게 쪽팔렸던 것이다.

도끼가 목례를 해 보인 후에 육중한 방화문을 천천히 열었다.

소파에 깊숙이 몸을 묻고 있던 강유진이 힐끔 고개를 돌렸다.

철커덩하는 문소리와 함께 일곱 명의 남자가 안으로 들어왔다. 그중 하나는 태성실업의 오태성이었다.

오태성을 발견한 강유진의 얼굴에 뜻 모를 미소가 번졌다.

강유진과 눈이 마주치자 오태성은 흠칫 놀라 멈춰 섰다. 난다긴다는 전국구 형님들이 곁에 있지만, 막상 눈이 마주치자 그날의 공포가 발목을 붙잡았던 것이다.

이승민이 그런 오태성의 어깨를 툭 쳤다.

"자식, 되게 당했나 보네. 그걸 떨쳐버리는 길은 하나밖에 없다.

죽이면 돼.”

죽인다는 말을 아무렇지도 않게 내뱉은 이승민이 이번에는 강유진에게 시선을 돌렸다.

“이봐, 그쪽도 한가락 하는 모양인데…… 그래도 손님이 왔으면 예의는 차려야 하지 않겠나?”

최두봉이 소파의 오른쪽으로 걸어갔다.

남자들 절반은 최두봉을 따라 오른쪽으로 갔고, 나머지는 이승민의 옆으로 길게 늘어섰다.

새로 온 남자들이 자리를 다 잡은 뒤에야 강유진의 입이 열렸다.

“예의라……. 그러고 보니 나이들도 제법 처먹은 거 같은데…… 그래도 아줌마를 인질로 잡고 사람을 오라 가라 하는 인간들의 입에서 나올 말은 아니지. 안 그래? 오태성?”

이번에는 이승민이 오태성에게 물었다.

“무슨 소리야? 아줌마를 인질로 잡았냐?”

“그게…… 겁을 먹고 달아날까 봐…… 한 사람을 잡아두기는 했었습니다.”

“아줌마를 인질로?”

“……그렇게 됐습니다, 형님.”

“아, 씨벌 놈…… 조직 망신은 혼자 다 시키고 다니네. 일 끝나고 좀 보자.”

“예…….”

오태성이 침울한 표정으로 고개를 떨구었다.

광주파의 두목인 이승민은 건달이라는 것에 나름의 철학을 가진 사람인지라 도의에 어긋나는 짓에는 상당히 민감했다. 그에게 납치가 들켰으니 좋게 넘어가기는 틀린 일이었다. 하지만 눈앞의 강적만 제거할 수 있다면 아무래도 좋았다.

"봐서 알겠지만 우린 아줌마 일은 모른다. 그건 둘이 알아서 해결하고, 일단 좀 맞자."

이승민이 소파에 앉아 있는 강유진에게 다가갔다.

그제야 강유진이 자리에서 일어서며 검지손가락을 흔들었다. TV드라마에서나 나올 법한 그런 느긋한 행동이다.

"아니지, 그전에 확인할 시간은 좀 줘야지. 아줌마를 인질로 잡고 있는데 그쪽 같으면 기량을 다 보여줄 수 있겠어? 영화를 봐도 인질 때문에 막 맞아주고 그러잖아. 안 그래?"

"빨리 확인해라."

이승민이 슬쩍 물러섰다.

어차피 여기까지 온 이상 피차 말로 할 단계는 지난 지 오래다. 물론 광주파와 칠성파의 정예까지 뜬 이상 사내는 반병신이 될 것이다. 시간도 널널한데 평생 병신으로 살아야 할 상대의 소원을 들어주지 못할 것도 없지 않은가?

강유진이 오태성에게 시선을 돌렸다.

"며칠 전에 김정숙 씨에게 전화를 했는데…… 없는 번호로 나오더군. 그 아주머니에게 무슨 짓을 한 거지? 죽이겠다던 협박대로…… 몹쓸 짓을 한 건가?"

이승민과 최두봉까지 궁금하다는 표정으로 오태성을 바라보았다.

"흥! 네놈은 왜 약속한 날에 오지 않았지?"

"그건 알 거 없고. 대답해. 아주머니에게 몹쓸 짓을 했나?"

다시 묻는 강유진의 음성에는 일체의 감정이 담겨 있지 않았다.

"뭐? 몹쓸 짓? 씨벌 놈아, 그 여자를 고향으로 쫓아버리고 전화도 해지시켰다. 그게 전부다. 아무리 내가 화가 났어도……."

"됐고, 나중에 확인해 봐서 그게 아니면, 넌 죽는다. 이 일에 관계된 놈들도 죽는다."

오태성이 비릿하게 미소 지으며 대꾸했다.

"그건 네놈이 이 자리에서 살아난 다음에 할 소리지."

"훗! 너희들 정도로 나를?"

말과 함께 강유진이 주변에 있는 사내들을 가볍게 둘러보았다. 긴장이라고는 눈을 씻고 찾아봐도 없는 그런 얼굴로 말이다.

최두봉이 고개를 설레설레 저으며 중얼거렸다.

"와아! 씨벌, 호랑이 간을 육회로 처드셨나…… 졸라 겁 없는 분이시네. 무슨 유치원 애들 학예회 보는 것 같애. 씨벌, 현실감 제로야, 제로."

사실 최두봉이나 이승민은 태성실업의 문제를 대수롭지 않게 생각하고 있었다. 태성실업의 조직원은 대부분 청소년이었다. 그래서 평소에도 애들 재롱이라는 말을 농담 삼아 하고 다녔다. 누군가에게 깨졌다는 말을 들었을 때도 '싸움 잘하는 어른에게 맞았나?' 정도로만 생각했다.

"어이, 자네도 주먹 좀 쓴다면 우리 이야기를 들어봤을 텐데. 우리는 여기 있는 애들이랑은 달라. 나 칠성파 최두봉이야. 저쪽은 광주파 이승민이고. 우릴 알아준다고 해서 용서를 받는 건 아니겠지만, 그래도 좀 심하잖아. 씨벌 놈아!"

강유진이 피식 웃었다.

자신을 몰라준다는 최두봉의 말에 연민이 느껴진 것이다. 만약 자신이 타이탄의 힘을 얻지 못했다면, 확실히 그들의 뜻대로 됐을 것이었다.

"영화나 소설을 보면 말야, 깽패들이 얻어터지고 나서 자기를 팬 상대를 형님, 형님 하면서 따르더라고. 그런데 현실은 그게 아냐. 더 많은 수를 데리고 복수를 하겠다고 몰려오거든. 지금 당신들처럼 말야. 당신들도 맞으면 누굴 데리고 올 건가? 위에 또 손 벌릴 사람 있냐고."

"슬슬 겁나냐?"

최두봉의 물음에 강유진이 씨익 웃으며 답했다.

"어릴 때 개미굴 가지고 장난한 적 있나 모르겠네? 개미굴에서 개미가 바글바글 기어 나오면 무섭던가? 아니면 신기하던가? 난 신기하던데.”

상대의 말을 듣고 있던 이승민이 머리를 설레설레 저었다. 자신들을 개미떼로 묘사라는 상대의 대범함에 질려버린 것이다. 저 정도면 자신감이 아니라 미친 거다.

‘저런 미친놈에게 왜 태성실업의 애들이 박살났을까?’

이유야 어쨌든 더 이상은 미친 소리를 들어줄 기분이 아니었다.

“하아! 쪽팔리다. 끝내.”

이승민이 광주파의 행동대장 원펀치에게 눈짓했다.

원펀치는 늘 데리고 다니는 박상무의 어깨를 툭 쳤다. 명색이 행동대장인 자신이 선빵 하기 창피하니 먼저 나서라는 뜻이다.

기다리고 있었다는 듯 박상무가 뚜벅뚜벅 걸어갔다.

아까부터 유심히 살펴봤지만 대단한 구석이 보이지 않는 남자인지라 단숨에 끝낼 생각이었다.

가볍게 걸어가던 박상무는 −한걸음 크게 내딛어− 상대의 앞에 도달하자마자 얼굴로 발차기를 날렸다.

휘익.

“이크!”

강유진이 반걸음 뒤로 물러나며 상체를 틀었다.

박상무의 발이 연속으로 번득였다.

뒤로 물러나는 듯 보이던 강유진이 눈 깜짝할 사이에 박상무의 품으로 파고들었다.

어느새 왼손은 박상무의 한쪽 발을 잡고 있다.

"어?"

당황한 박상무의 입에서 기묘한 소리가 흘러나왔다.

다음 순간 강유진의 오른손이 박상무의 가슴을 후려쳤다.

발을 잡고, 뜻 모를 비명이 나오고, 가슴을 치는 동작은 거의 한 순간에 일어났다.

콰당.

곧이어 박상무가 한쪽 벽으로 날아가 사납게 처박혔다.

벽에 머리를 부딪친 박상무는 정신을 잃었는지 한동안 미동도 하지 않았다.

이승민의 입에서 탄성이 흘러나왔다.

"하! 깨끗하네!"

상대가 무술을 잘한다고 하더니 놀라울 뿐이다. 짜고 하는 것처럼 일체의 군더더기가 없다. 체육관에서 보여주는 약속대련이라고 해도 저렇게 깔끔할 수는 없을 것이다. 박상무는 조직에서 서열은 좀 낮지만 최고의 파이터였다. 그런 그를 단 한 수에 날려버린 것이다.

부하를 잃자 흥분한 원펀치가 달려들었다.

그렇다고 마구잡이로 덤빈 것은 아니다. 전직 복서답게 가드를 올린 원펀치는 강유진의 얼굴로 레프트와 라이트를 연속으로 날렸다.

쉬익. 쉭.

하지만 이상했다.

원펀치의 주먹은 강유진의 얼굴 앞에서 기묘하게 빗나갔다. 마치 미끄러지듯이 흘러가 엉뚱한 곳을 타격했다.

놀라기는 강유진도 마찬가지다.

복서와의 대전 경험이 전무했던 강유진은 상대의 주먹이 거의 보이지 않자 크게 당황했다.

이럴 줄 알았으면 진작 정령들의 힘을 썼을 텐데, 상대가 일대일로 싸움을 걸어오자 조금 안심하고 있었던 게 화근이다.

요즘 들어 자신감을 갖게 된 몸으로도 피하기 어려운 주먹이었다. 어쩔 수 없이 몇 대 맞아주게 생겼다고 체념했을 때다.

상대가 헛손질을 한 것이다.

몇 번의 헛손질이 이어지자 강유진은 사태를 파악했다.

'설마 치명적 공간왜곡인가!'

꿈속에서 엘에게 받은 선물이 바로 이것이었던 모양이다.

'비명횡사 당하지 말라고 몸에 마법을 걸어줬구나!'

확실히 보호막과는 다른 공간의 왜곡현상이었다. 보호막이 정직하게 한 지점을 보호해 준다면, 공간왜곡은 타격 지점을 비틀어 주는 것 같았다.

하지만 몇 차례 주먹질이 계속되자 조금씩 피부로 타격이 전해졌다. 공간왜곡이 영원히 지속되는 건 아닌 모양이다.

그래도 그 짧은 시간 동안 강유진은 마음의 안정을 찾았다.

이상한 현상에 당황한 원펀치의 마음은 주먹에도 고스란히 드러났다. 빛살처럼 빠르게 좌우에서 몰아쳐 오던 주먹이 조금 둔해진 것이다.

강유진은 상대의 주먹을 한쪽으로 부드럽게 흘렸다.

곧이어 강유진의 몸이 반대로 회전하는가 싶더니 오른손이 원펀치의 안면에 박혔다.

퍽.

"크윽!"

외마디 비명과 함께 원펀치가 두 손으로 얼굴을 감쌌다.

손가락 사이로 선홍색 피가 뚝뚝 떨어져 내렸다.

…….

잠시 무거운 침묵이 흘렀다.

멍하니 보고 있던 최두봉이 도끼와 장도리에게 소리쳤다.

"뭐해! 새끼들아! 조져!"

일대일로는 감당할 수 없다고 생각한 것이다.

위기를 느낀 최두봉은 물론 체면이 땅에 떨어진 이승민까지 천천히 움직였다.

강유진이 이해한다는 표정으로 말했다.

"그래, 이제야 니들이 조폭 같아 보인다. 그렇게 막 나와야 나도 마음이 편하지. 에르 쉬 바쿰."

강유진의 머리 위로 세 개의 서클이 나타났다.

서클은 하나로 융화되는가 싶더니, 이내 고운 빛을 뿌리며 사라져 갔다.

“클레베스, 우다 칼라가덴.”

후두두둑.

바위가 굴러가는 묵직한 소리가 강유진의 몸에서 흘러나왔다.

클레베스에게 ‘강하게 보호하라’ 고 명했으니 이제 강유진의 몸은 -공간왜곡이 아니더라도- 피해를 입지 않을 것이었다.

그것으로 끝이 아니다.

“벤투스, 헤이룸 이니.”

쉬이익.

세찬 바람소리와 함께 강유진의 옷이 한차례 흔들렸다.

소환을 마친 강유진이 마치 준비운동이라도 하듯 팔다리를 움직였다.

날아갈 듯 몸이 가벼워졌다. ‘바람처럼 빠르게 하라’ 는 주문의 효과다. 정령이 주는 능력 중에 좋지 않은 게 없지만, 벤투스의 ‘헤이룸 이니’ 는 다른 어떤 것들보다 체감 효과가 뛰어났다. 생각 같아서는 하루 24시간 그런 상태로 지내고 싶을 정도다. 하지만 다른 차원의 에너지를 끌어다 쓴다는 것의 불안함에, 꼭 필요할 때가 아니면 사용하지 않았다.

“뭐라고 씨부렁거리는 거야?”

도끼가 옆에 있던 철제 의자를 집어들고 상대를 후려쳤다. 본래는 손도끼를 꺼냈어야 하지만 왠지 내키지 않아 의자로 대신하고 있었다.

하지만 장도리의 손에는 어느새 나무 손잡이로 된 공구인 장도리가 들려져 있었다. 조폭들의 전쟁에서나 가끔 쓴다는, 장도리라는 별명을 탄생시킨 그만의 무기였다.

의자를 피하자 장도리가 날아든다.

하지만 강유진은 마치 미꾸라지처럼 그 모든 것을 피하고 있었다.

“형님, 우리도 거들어야 하는 거 아닙니까?”

신참의 물음에 최명국이 고개를 설레설레 저었다. 느낌이 좋지 않았다. 솔직히 칠성파나 광주파라고 해도 특별한 사람들은 아니다. 그저 태성실업의 애들보다 조금 더 잘 싸운다는 정도다. 하지만 상대는 조금 더 강한 정도로 감당할 수 있는 사람이 아니었다.

답답한 듯 지켜보던 신참이 품안에서 날선 단검을 꺼내들고 중얼거렸다.

“어차피 저 새끼도 사람인 이상 쑤시면 들어가게 돼 있습니다, 형님.”

“…….”

최명국은 대답 대신 한걸음 뒤로 물러섰다. 명백하게 몸을 사리는 행동이다.

최명국과 신참의 행동은 멀리 서 있던 오태성의 눈에 띄고 말았다. 자신의 부하들에게 싸우라고 독려하려던 오태성의 입에서 '개새끼!' 라는 욕이 터져 나왔다.

"흐, 그쪽은 아무래도 큰형님에게 찍힌 모양입니다. 나중에 봅시다."

신참이 비릿하게 웃으며 싸움판으로 몸을 날렸다.

오태성의 앞에서 몸을 사렸으니 보나마나 최명국은 잔심부름으로 전락하게 될 것이다. 최명국의 자리로 치고 올라가려면 지금 공을 세워야 한다.

신참의 눈이 독하게 일그러졌다.

찌른다.

그 한 가지 생각으로 머리가 꽉 차 다른 것은 보이지도 않았다.

펑.

"으윽!"

도끼가 답답한 신음과 함께 뒤로 날아갔다. 어디를 맞았는지 도끼는 영 일어날 줄을 몰랐다.

콰직.

"컥!"

거의 동시에 장도리가 부러진 팔을 움켜쥐고 주춤주춤 물러났다.

"아악! 으아아악!"

살거죽을 뚫고 나온 제 뼈를 보고 놀란 장도리는 목이 쉬도록 비명을 내질렀다.

순간 맨주먹으로 벽돌을 부순다는 최두봉의 정권이 강유진의 뒤통수로 날아들었다. 이미 살의(殺意)를 품은 최두봉인지라 조금의 망설임도 없어 보였다.

강유진이 자연스럽게 돌아서며 주먹을 내뻗었다.

두 주먹이 허공에서 충돌했다.

퍼억.

"끄아……."

극한의 통증으로 최두봉의 입이 쩍 벌어졌다.

하지만 비명은 나오지 않았다. 특별히 고통에 대한 내성이 있어서가 아니다. 너무 아파 소리조차 나오지 않았던 것이다.

최두봉이 덜덜 떨며 뒤로 물러났다.

주먹의 뼈가 바스라진 것으로도 모자라 손목까지 부러져 버렸다. 고통과 절망으로 얼굴이 검게 물들어 갔다.

강유진이 오태성의 앞에 불쑥 나타났다.

"헉!"

뒤쪽에서 기회를 엿보고 있던 오태성이 헛바람소리와 함께 물러섰다.

어느새 강유진의 손이 오태성의 팔에 달라붙었다.

뚜둑.

“끅!”

한번 부러졌던 왼팔이 다시 부러졌다.

그것으로도 부족한지 강유진은 오태성의 오른팔까지 움켜잡았다.

예전의 기억이 되살아나자 오태성은 체면도 잊고 애원했다.

“그, 그만! 제발! 살려줘!”

“죽이진 않아.”

강유진이 팔짱을 끼듯 오태성의 팔을 감싸 안았다. 문제는 슬쩍 당기고 있는 방향이 팔꿈치 반대편이라는 점이다.

빠득.

“크악!”

오태성이 눈을 하얗게 까뒤집으며 뒤로 넘어갔다.

털썩.

…….

사무실 안에 정적이 감돌았다.

오 분도 안 돼 동대문사단의 수뇌부 여섯 명이 무참하게 박살났다. 이건 태성실업의 잔챙이들을 깬 것과는 차원이 다른 것이었다. 그들 여섯 명은 서울의 삼분의 일을 장악할 수 있는 실력자들이었다. 일대일로도 당할 자가 없다는 그들을 혼자서 깨버린 것이다.

그러거나 말거나 강유진의 서늘한 시선이 이승민을 향했다.

"자, 잠깐!"

이승민이 후다닥 뒤로 물러섰다.

"……."

강유진이 무심한 눈으로 이승민을 바라보았다. 막 싸움을 재개하려는데 '잠깐' 이라며 달아나니 어이가 없었던 것이다.

그렇게 싸움이 일시 정지된 순간이다.

아까부터 기회를 노리고 있던 신참이 단검으로 -젖 먹던 힘까지 다해- 강유진의 등짝을 찔렀다.

퍽. 투둑.

"으헉!"

철벽같은 강유진의 등짝에 단검이 막히자, 손가락이 검날을 타고 주루룩 내려갔다.

순간 오른손의 손가락이 반 이상 잘려나갔다.

"으아아악! 내 손! 손!"

신참은 사방으로 뛰어다니며 피를 쏟아냈다.

하지만 아무도 그에게 다가가지 않았다.

지금 조폭들의 눈은 강유진에게 고정되어 있었다. 그가 이 목숨을 건 싸움의 승자였다. 당연히 그의 허락 없이는 조금도 움직일 수 없는 것이다.

에에에엥~

삐뽀삐뽀.

갑자기 골목에서 사이렌 소리가 요란하게 울렸다.

그리고 잠시 후 십여 명의 형사들이 사무실 안으로 뛰어 들어왔다.

"움직이지 마! 폭력행위 등 처벌에 관한 법률로 모두 체포한다!"

* * *

강유진과 부상이 경미한 조폭들은 동대문경찰서로 연행됐다. 하지만 부상 정도가 심한 오태성과 최두봉, 장도리 등은 인근 외과병원 응급실로 후송됐다.

날이 밝았다.

아침 식사 후, 양반다리를 하고 앉아 있던 강유진이 이승민을 힐끔 바라보았다.

이승민이 변명하듯 먼저 입을 열었다.

"나한테 무슨 할 말이라도……."

"요즘은 조폭들이 경찰에 신고까지 하고 그러시나……."

"가끔 경찰에 찌르는 애들도 있지만…… 이번 일은 우리가 한

게 아니오. 에이, 씨벌…….”

“…….”

유치장 안에 먼저 자리를 잡고 있던 잡범들이 경외의 시선으로 이승민을 바라보았다. 물론 조폭과 일반인으로 보이는 청년의 대화가 뭘 뜻하는지 아는 사람은 없었다. 다만 함께 끌려온 조폭들이 전전긍긍하는 것으로 보아 이승민이 보스일 거라고 짐작하는 게 전부였다.

잡범들이 공경의 눈으로 바라보자 민망해진 이승민은 딴청을 부렸다.

“쯧쯧! 그런데 사람을 모셔다 놨으면 조사를 해야지 뭐 이렇게 잠잠해. 창살만 아니면 휴양소에 온 줄 알겠네. 젠장.”

이승민의 투덜거림을 듣고 있던 강유진도 고개를 갸웃거렸다. 아닌 게 아니라 너무 조용했다. 유치장에 몰아넣고는 아무도 들여다보지 않고 있었다. 사람을 잡아왔으면 조사를 해야 할 텐데 그런 기본적인 것도 하지 않았다.

10시쯤 됐을까?

경찰이 와서 조폭들을 한 사람씩 데리고 갔다.

그렇게 삼십 분이 지나자 유치장에는 잡범들과 강유진만 남겨졌다.

잡범치고는 인상이 험한 중년인 하나가 능글맞은 웃음과 함께 강유진의 곁으로 다가갔다.

"형씨, 아까 그분 누군지 아슈?"

"누구요?"

"형씨와 잠깐 이야기하던 분 말이오."

"아, 광주파의 이승민이라고 했던 것 같은데……."

"와아! 나 김양식이라고 해. 그런데 동생은 그분을 어떻게 아나?"

김양식의 호칭이 형씨에서 금세 동생으로 바뀌었다. 사귀어 두고 싶은 사람에게 다가가는 나름의 처세술이다.

"나 이대독자라 아저씨 같은 형님 없습다."

"에이, 아마추어같이 왜 그래? 나이 많으면 형이고 어리면 동생이지. 사회 생활 처음 해? 그런 걸 일일이 따지게."

강유진이 피식하고 웃었다.

"참 천사 같은 아저씨네. 광주파하고 내가 전쟁 중인데 나랑 형동생 하자시네."

"저, 전쟁?"

"그럼 좋은 일로 같이 온 줄 알았습니까? 누가 신고해서 한꺼번에 잡혀 들어온 거구만."

"……."

"이따가 그놈들 돌아오면 나랑 같이 편먹는 겁니다?"

강유진의 물음에 김양식이 슬그머니 뒤로 물러앉았다.

"아따, 그 양반 성질 급하기는. 그냥 말이 그렇다는 거지…… 나

같은 사람에게 무슨 힘이 있다고……."

무전취식으로도 모자라 식당에다가 오줌까지 싼 죄로 잡혀온 김양식이다. 비록 인생의 대부분을 개차반으로 살았지만 명문 조폭과 싸울 정도로 개념이 없지는 않았다.

시간이 지날수록 유치장의 분위기가 묘하게 흘러갔다. 다들 지친 탓도 있지만 강유진이 조폭들과 전쟁 중이라고 한 말 때문이다. 조폭과의 전쟁은 조폭이 하는 법이다. 뒤늦게 잡범들은 평범해 보이는 강유진이 조폭에 한 발 걸친 인물일지도 모른다는 생각을 한 것이다.

조심스럽게 강유진의 얼굴을 훔쳐보는 사람도 있었다.

곧 돌아올 것 같던 조폭들은 점심시간이 지나서도 오지 않았다.

그리고 오후 3시 무렵, 마침내 강유진도 불려 나갔다.

하지만 경찰은 강유진을 조사하지 않았다.

경찰은 강유진을 검은 양복의 남자들에게 인계하고 돌아갔다.

검은 양복의 남자들은 강유진을 중형차에 태우고 다시 어디론가 이동했다.

강유진은 검은 양복의 남자들이 누군지 알 것 같았다.

아니나 다를까?

중형차가 멈춰 선 곳은 국정원이었다.

제5화

KEF(Korea Extreme Force)

박영찬 부장이 강유진의 앞에 두툼한 서류 뭉치를 내려놓았다.

"강 선생, 우리 할 얘기가 좀 많죠?"

"무슨 말씀이신지?"

박영찬은 대답 대신 눈짓으로 서류를 가리켜 보였다.

머뭇거리던 강유진이 서류를 들추었다.

가장 앞에 있는 것은 십여 장의 흑백사진이다.

'헉!'

눈에 익은 장면이 찍혀 있었다. 땅속에서 올라오면서 보았던 기이한 물체들이다. 지질연구소로 위장하고 싱크홀을 조사했던 모양이다.

"계속 보시죠."

박영찬 부장이 손짓을 했다.

그 뒤의 것들도 역시 사진이었다.

마포 일신상사의 조직원들과 싸우는 것과 일산의 해리아동복지회에서 마술 쇼를 하던 장면이다.

강유진은 그럴듯한 변명을 짜내기 위해 머리를 굴렸다.

하지만 적당한 대책을 세우기도 전에 상대의 심문이 시작됐다.

"싱크홀의 사진은 눈에 익으시겠죠? 전에도 한번 보여드린 적이 있으니까요. 우리는 그곳에서 몇 종류의 암석을 캐냈습니다. 지질학적인 연구를 위해서였습니다만…… 그 과정에서 믿을 수 없는 걸 발견하고 말았습니다. 자세한 설명은 전문가에게 들어보도록 하지요. 들어오세요."

기다렸다는 듯 미모의 여자가 생글생글 웃으며 문을 열고 들어왔다. 탑골의 응용지질연구소에서 만났던 김미연이라는 연구원이었다.

"안녕하세요? 김미연이에요. 저 기억하시죠?"

"아, 네."

"김 박사, 강 선생에게 우리가 뭘 발견했는지 설명해 주세요."

"네."

김미연이 살짝 삐친 표정으로 운을 뗐다.

"강 선생님, 어쩌면 우리를 그렇게 감쪽같이 속이실 수 있으세요?"

"소, 속이다뇨?"

"그날 싱크홀 아래로 내려간 적이 없다고 하셨잖아요? 그 말씀은 기억나시죠?"

"네……."

"우리는 첨단탐사장비로 지하 6,000미터 지점까지 조사를 했어요. 그 과정에서 암석 몇 종류를 수집했답니다. 지질학적인 연대와 당시의 자연환경을 조사하기 위해서였죠. 정확하게 2,000미터 지점에서 시작해서 6,000미터 지점까지였어요. 그런데 지하 6,000미터 지점에서 수집한 수정결정에…… 문제가 생겼어요."

"……."

강유진이 모르겠다는 표정으로 김미연을 바라보았다.

'암석을 수집했는데, 그게 어쨌다고?'

김미연이 강유진의 눈을 똑바로 쳐다보며 말했다.

"수정은 결정형이 뚜렷한 석영의 일반명이에요. 흔히 크리스털이라고도 하지요. 우리가 특별히 수정을, 그것도 사람의 손바닥 자국 화석이 있는 자리에서 가져온 것은, 혹시 거기에 뭔가 흔적이 남아 있지 않을까 싶어서였어요. 좀 환타지적인 발상이지만, 어차피 지하 6,000미터에 사람 손바닥 자국이 있는데 무슨 상상인들 못 하겠어요? 안 그래요?"

김미연이 파일의 가장 뒤쪽에 있는 사진들을 꺼냈다.

흙벽에 남겨진 그것은 하나같이 뭔가를 움켜쥔 듯한 손바닥 모양이다.

순간 강유진의 얼굴이 딱딱하게 굳었다.

더 이상 아무런 생각도 나지 않았다.

"……."

"강 선생님이 입원해 계시던 병실에서 지문을 채취해 왔어요. 그리고 병원에서 가져온 지문과 크리스털에 남아 있던 지문을 비교했지요. 이 두 장의 사진을 보세요."

말과 함께 김미연이 사진을 나란히 내려놓았다.

하나는 선명하고, 다른 하나는 오래된 낙관처럼 부분부분 떨어져 나갔지만 알아보지 못할 정도는 아니었다.

"하나는 병원, 다른 하나는 크리스털의 것이죠. 지문감식반에서는 동일인의 지문이라고 하더군요."

…….

잠시 침묵이 흘렀다.

박영찬 부장이 김미연에게 눈짓했다. 이제 그만 나가보라는 뜻이다.

김미연이 짧게 목례를 해 보이고 물러났다.

박영찬 부장이 강유진의 맞은편에 앉으며 말했다.

"어제 저녁의 신고는 우리 쪽에서 한 것입니다. 직원 하나가 강 선생이 걱정됐던 모양입니다. 하지만 검거한 조폭들을 조사하고 나서야 기우(杞憂)였다는 걸 알게 됐습니다. 덕분에 우리는 강 선생과 태성실업 사이의 일을 알아냈습니다. 모두가 김정숙 씨의 의뢰 때문이었더군요. 강 선생, 아니 아케론닷컴의 운영자 카론이라고 해야 하나요?"

"……."

묵묵히 듣고 있던 강유진이 한참 만에 입을 열었다.

"네, 모두 맞습니다. 다 제가 관여된 일입니다. 그래서 어떻게 할 생각입니까? 감옥에라도 보낼 겁니까? 무허가 심부름센터를 운영해서? 아니면 일반인을 납치한 조폭들에게 상해를 입혀서?"

박영찬 부장이 고개를 설레설레 저었다.

"오해하지 마십시오. 만약 우리가 강 선생을 감옥에 보내고 싶었다면 이렇게 공을 들이지 않았을 겁니다. 국정원의 일급 요원 열두 명이 24시간 강 선생에게 달라붙어 있었으니까요."

"뭘 원하는 겁니까?"

"우리가 알고 싶은 건 어떻게 강 선생이 그런 능력을 가지게 되었느냐는 겁니다."

"……."

"강 선생은 탑골에 내려가기 전까지 평범한 회사원이었습니다. 남과 다른 것이라고는 그저 학생 시절에 운동권이었다는 것 정도죠. 그나마 운동권도 자발적으로 그만둔 것으로 기록되어 있더군요. 서광대학 시절에 테러리스트라는 애칭으로 불리셨다죠?"

강유진의 얼굴에서 -다분히 의도적으로 연출하던- 여유가 사라졌다.

“……철없던 시절의 이야기입니다.”

“저는 그렇게 생각하지 않습니다. 오히려 세상일에 무관심한 젊은이들이 철부지죠. 밤낮 없이 인터넷에 매달려 가십기사에 악플이나 달고 시시덕거리는…… 그런 사람들을 철이 없다고 말하는 겁니다. 시대의 변혁을 추구하는 건 지성인으로 당연한 행동이지요.”

강유진의 얼굴에 씁쓰름한 미소가 떠올랐다.

그러고 보니 그의 사무실에 걸려 있던 글귀는 人無遠慮難成大業(사람이 멀리 생각하지 못하면 큰일을 이루기 어렵다)였다. 그래서일까? 보통의 공무원 같다는 생각은 들지 않았다. 마치 영화 속에서나 등장하는 독립운동가 같은 느낌이다.

이런 사람이라면 마음을 터놓고 이야기를 나눠도 즐겁지 않을까?

“다시 원점으로 돌아가지요. 평범한 소시민이던 강 선생을 변화시킨 힘은 무엇입니까?”

“그건…….”

강유진이 망설였다.

자신도 아직 타이탄의 힘에 대해서는 잘 모른다. 쓰는 법은 배웠지만 그 능력의 본질에 대해서는 알지 못한다. 자신도 모르는 걸 어떻게 설명한단 말인가? 게다가 꿈인지 생시인지 모를 엘과의 만남을 생각하면 더 그렇다. 어쩌면 이야기를 다 듣고 돌아서서 미쳤다고 할지도 모른다.

"우리는 강 선생이 오파츠를 얻었다고 생각합니다. 맞습니까?"

"예."

강유진은 더 이상 부인하지 않았다. 수정에 지문이 남았는데 계속 아니라고 하기도 뭐했던 것이다.

박영찬 부장의 음성에 힘이 들어갔다.

"사람이 아무런 장비도 없이 지하 6,000미터까지 내려갈 수는 없습니다. 그 깊이에서 지상으로 올라오기는 더더욱 어렵죠. 어려운 게 아니라 불가능합니다. 그런데 강 선생은 그 일을 해냈습니다. 우리가 알고 있는 과학이나 상식으로 받아들이기 어려운 부분이죠. 십여 명의 조폭들을 맨손으로 제압하고, 수십 톤의 물이 필요한 마술 쇼를 혼자서 해 보였습니다. 무슨 말을 들어도 놀라지 않겠습니다. 편하게 말씀해 주십시오. 국가를 위한 일입니다."

"……."

국가를 위한 일이라는 마지막 말에 강유진의 인상이 찡그려졌다.

'이 남자도 결국 닳고 닳은 공무원일 뿐인가?'

국가와 민족을 입에 올리는 인간들치고 제대로 된 인간을 본 적이 없다. 국가와 민족이라는 말은 '반정부 인사' 나 '정치꾼' 들의 전유물이 된 지 오래였다.

그런 강유진의 반응에 박영찬 부장이 씁쓰름한 미소를 지었다.

'조금 이른 말이었던가.'

그래도 어쩔 수 없다. 에둘러 말하고 싶지도 않았다. 앞으로 강유진이 해주었으면 하는 일이 그것이기 때문이다.

박영찬 부장이 한숨을 길게 내쉬었다.

"하아! 아무래도 이 부분에서는 조금 설명이 필요하겠군요. 미국과 러시아에 비밀조직이 있습니다. 국가 차원에서 뒷받침하고 있는 것으로 의심되는…… 그런 조직이지요. 미국의 CIA나 러시아의 FSB와는 성격이 전혀 다른 그 비밀조직은…… 강 선생처럼 특이능력자들로 구성되어 있습니다."

"특이능력자요?"

깜짝 놀란 강유진이 박영찬을 뚫어져라 바라보았다. 자신과 같은 사람들이 있다는 말에 신선한 충격을 받은 것이다.

"그렇습니다. 초능력을 사용하고 있으니까요. 그들에 대해 알려진 것은 거의 없습니다. 서로를 크라노시안(Kranosian)이라고 부른다는 것밖에……."

"크라노시안!"

강유진의 입에서 탄성이 흘러나왔다.

임지연을 납치했던 장 테스카틀과 회색의 사내가 떠오른 것이다. 그날 회색의 사내는 자신에게 '크라노시안이었나?' 라고 물었었다.

"아는 이름입니까?"

"전에 한번 들은 적이 있습니다."

"그들에 대해 아는 것이 있습니까?"

"아뇨. 저도 딱 한 번 이름만 들었을 뿐입니다."

"하아! 아쉽군요. 그들에 관한 것은 국제정보기관에서도 최고의 기밀로 통합니다. 정보기관에서는 그 조직을 '크라노스'로 부르고 있습니다."

"……."

"조금 전에 국가를 위해서라고 한 것은 바로 그 크라노스가…… 서울에서 열리는 4개국 장관회의를 노리고 있다는 첩보 때문입니다."

"그럼 크라노스가 테러조직이라는 말인가요?"

"크라노스가 무슨 조직인지는 아무도 모릅니다. 정치적인 테러가 목적인지, 돈 때문인지……. 분명한 것은 그들이 이번 5월의 4개국 장관회의를 노리고 있다는 겁니다."

"……."

"특이능력자를 막으려면 우리에게도 특이능력자가 있어야 하지 않겠습니까? 그래서 강 선생이 무엇을 얻었는지 알고 싶은 겁니다. 일종의 기계장치 같은 것인지, 혹은 훈련으로 학습할 수 있는 것인지 등등을 말입니다."

"아……."

그제야 강유진은 박영찬 부장이 원하는 게 무엇인지 알 수 있었다. 더불어 국가를 위해서라는 말이 어떤 의미인지도 이해했다. 그건 속물들이 남발하는 -뻔히 속이 보이는- 미사여구가 아니라, 진짜 국가를 위한 질문이었다.

잠시 생각하던 강유진이 짧게 말했다.

"싱크홀에서 제가 얻은 것은 마법입니다."

"예?"

전혀 예상하지 않았던 대답에 박영찬 부장이 되물었다.

자신이 잘못 들었다고 생각한 것이다. 초능력이라면 모를까, 21세기에 마법이라니? 전혀 어울리지 않는 조합이 아닌가!

강유진이 담담한 음성으로 설명했다.

"초고대에 마법문명을 꽃피웠던 종족이 있었습니다. 타이탄이라는 거인족이죠. 그들의 마법은 일인전승의 방식으로 후대에 전해졌습니다. 그런데 어떤 이유로 초고대문명은 멸망했습니다. 마지막 타이탄이 자신의 마법을 태블릿에 담아 후대에 전하려고 했는데, 그걸 제가 발견한 겁니다. 아니, 그 태블릿에 제가 선택 당했다는 게 정확할지 모릅니다."

강유진은 바람에 휘말려 싱크홀로 떨어졌다가 태블릿 덕분에 살아 나온 이야기를 털어놓았다. 물론 엘에 대한 이야기는 생략했다. 초고대문명도 황당한데 그것까지 말했다가는 정말 미친놈 소리를 듣게 될 것 같았기 때문이다.

한참 만에 박영찬 부장이 반신반의(半信半疑)의 표정으로 물었다.

“그러니까 그 태블릿은 일종의 기록저장장치였던 겁니까?”

“예.”

“물론 아직 보관하고 계시겠죠?”

“원룸텔에 있습니다.”

“사실 확인을 위해서 우리가 가져가도 되겠습니까?”

“예.”

강유진은 선선히 승낙했다.

어차피 엘의 신성력이 빠진 태블릿은 그냥 오래된 금속판일 뿐이다. 그걸 가지고 있던 것은 그저 추억하기 위해서였다. 게다가 결정적으로 박영찬 부장은 거부하면 당장 압류 절차에 들어갈 기세였다.

“결국 그 마법적인 능력은 다른 사람이 사용할 수 없다는 거군요.”

“애석하게도 그렇습니다.”

“아쉽지만 기술의 전수는 포기해야겠군요. 학계나 종교계에서 들으면 좋아하지 않겠지만…… 나는 재미있게 들었습니다.”

확실히 강유진의 이야기는 가벼운 술자리에서나 통할 믿거나 말거나 식의 이야기였다. 하지만 황당하기는 해도 거부감은 없었다. 그런 말을 하도록 상대를 궁지에 몬 사람이 자신인 까닭이다. 지하 6,000미터 아래에서 손바닥 자국을 발견한 날부터 상식은 파괴되고 있었다.

박영찬 부장이 파일을 덮으며 중얼거렸다.

"강 선생의 개인사도 누구에게 털어놓을 수 없다는 점에서 상당히 우리와 닮았습니다그려."

"그런가요."

"사실 강 선생을 여기에 모셔온 것은 두 가지 이유 때문입니다. 하나는 강 선생에게 전수받는 것이고, 다른 하나는 강 선생이 우리와 함께 일하는 것입니다. 일인전승이며 배워도 사용할 수 없는 능력이라는 것을 알았으니…… 남은 건 우리와 함께 일하는 것뿐이군요."

박영찬 부장이 의미심장한 눈으로 강유진을 바라보았다.

"함께 일하자는 의미는……."

"강 선생의 능력은 한 개인이 소유하기에는 너무 큰 힘입니다. 동의하십니까?"

"……."

강유진은 가타부타 답하지 않았다.

그것은 늘 고민하는 부분이기도 했다. 타이탄의 기술과 엘의 권능을 개인이 독점적으로 사용한다는 것은 에너지의 낭비다. 원자력발전소에서 나오는 모든 전기에너지를 한 개인이 사용하는 것과 다를 바가 없다. 그래서 만든 것이 아케론닷컴이지만 그것만으로는 한계가 있다.

'문제는 국정원과 박영찬 부장의 생각인데…….'

어느 정도까지 국정원을 도와야 하는지 감이 잡히질 않았다.

그런 건 역시 직접 들어보기 전에는 알 수가 없다.

망설이던 강유진이 진지한 표정으로 물었다.

"제가 어떻게 해주길 바라십니까?"

"솔직히 그건 나도 모릅니다. 그 부분은 원장님께서 직접 말씀해 주실 겁니다."

"언제쯤인가요?"

"오늘 하루는 안가(安全家屋, 안전가옥)에서 지내십시오. 늦어도 내일 중으로 연락이 갈 겁니다."

"알겠습니다."

어느 정도 대화가 끝나자 박영찬 부장은 강유진을 데리고 모처로 향했다.

그곳에서 강유진은 몇 가지 기술을 시연해 보였다.

기술요원이 모든 장면을 촬영하고 나서야 강유진은 성북동의 안가로 가서 쉴 수 있었다.

*　　*　　*

그날 밤, 세 명의 남자가 원형의 탁자에 둘러앉아 열띤 토론을 벌였다.

국립한국대학교 총장을 역임한 국정원장 김태식 박사와 2차장 조성호, 그리고 박영찬 부장이다.

원탁 위에는 강유진의 출생부터 현재까지의 인생사가 담긴 서류 파일이 흩어져 있었다. 겉표지와 안에 담긴 서류마다 '대외비'의 붉은 도장이 선명하다. 벽에 고정된 스크린은 강유진의 사진으로 온통 도배가 되다시피 했다.

한참 만에 김태식 원장이 중얼거렸다.

"내 눈으로 봤지만 정말 믿어지지가 않는군요. 우리 측 전문요원이 촬영한 동영상이니 조작된 것은 아닐 테고…… 허어! 21세기에 마법이라…… 두 분의 의견을 듣고 싶군요."

멍한 표정으로 스크린을 주시하고 있던 조성호 2차장이 머리를 세차게 흔들었다. 자꾸만 엉뚱한 생각이 머리를 들고 일어났다. 하지만 지금은 다른 생각에 잠겨 있을 때가 아니다.

"원장님, 박 부장과 저는 KEF를 조직할 때가 되었다고 의견을 모았습니다."

"KEF라……. 과잉 반응하고 있는 것은 아니겠습니까?"

김태식 원장이 조심스럽게 되물었다.

KEF는 Korea Extreme Force의 약자다. 사 년 전 특이능력자들의 출현이 국제정보기관의 이슈로 떠올랐을 때, 국정원에서는 그것에 대한 대비책을 구상한 적이 있다. 그것은 바로 '극한의 무력 조직'을 편성 운영하는 것이었다. 상대가 특이능력자들인 만큼 이것저것 고려하면서 대처할 수가 없다는 이유 때문이다.

김태식 원장이 염려할 정도로 KEF는 초법적으로 설계되었다. 영국의 대외정보국 MI6에 살인면허(00)를 가진 특수요원이 있는 것처럼 알려져 있지만, 그건 그냥 소설에서의 일일 뿐이다. 물론 대부분의 스파이들은 외교관과 비슷한 면책 특권을 가진다.

하지만 한국의 KEF는 살인면허가 기본이다. 그 정도로 특이능력자들은 두려움의 대상이었다.

최초 특이능력자에 의한 테러는 아프카니스탄에서 일어났다. 미군 21명이 기지 내에서 취침 도중 살해되었다. 모두 인체발화가 사망 원인이었지만, 외부에 발표한 것은 순찰 중 폭탄테러였다.

그다음은 파키스탄의 뭄바이 호텔이다. 폭탄테러로 화재가 나서 손님 200명이 사망했지만, 인체발화로 숨진 사람이 49명이나 됐다. 인체발화를 감추기 위해 폭탄을 터뜨린 것 같다는 분석이 나왔을 정도다.

인체발화로 숨진 사람들의 공통점은 저항할 시간도 없이 불타 죽었다는 사실이다. 놀라운 것은 인체발화 이외의 다른 상처가 발견되지 않았다는 점이다.

뭄바이 호텔 투숙객의 증언에 따르면 불타는 시체들 사이를 돌아다니던 한 남자가 있었다. 그런데 그는 사람들이 몰려오자 유령처럼 벽을 뚫고 사라졌다.

비슷한 시기에 미국, 러시아, 영국 등지에서 기이한 피해사례가 보고되었다. 살해 방법에 조금씩 차이가 있지만, 살인범은 유령처럼 현장에서 사라졌다.

피해자의 성별과 직업은 천차만별이었다. 군인, 정치인, 종교인, 직장인, 평범한 주부에서 어린이까지 살인범은 남녀노소를 가리지 않았다. 그들이 누구이며 왜 그런 테러와 살인을 자행하는지는 미스터리였다. 한 생존자의 입을 통해 '그들이 서로를 크라노시안이라고 불렀다' 는 것을 알아낸 것이 전부다.

뒤늦게 세계의 정보당국은 특이능력자들로 구성된 범죄단체에 대항하기 위해서 조직들을 통폐합하기 시작했다.

그즈음 한국의 국정원에서 비밀리에 기획한 것이 바로 KEF다.

살인면허에 면책 특권까지 가히 중세시대의 황제가 부럽지 않은 권한을 부여했다. 하지만 너무 많은 권한이 오히려 KEF를 사장시키는 결과를 가져왔다. 필요를 느끼면서도 정작 아무도 그런 초법적인 조직의 탄생을 원하지 않았던 것이다.

"이런 말씀을 드리게 돼서 송구스럽습니다만…… 우리 국정원으로는 금년 5월에 열리는 '4개국 장관회의' 참가자들의 안전을 장담하지 못합니다."

조성호 2차장의 말에 김태식 원장의 눈이 휘둥그렇게 떠졌다.

"무슨 소리요? 우리가 그들을 보호하지 못할 거란 말입니까?"

"……그렇습니다."

"뭐요? 그렇게까지 단언하는 이유가 뭡니까? 크라노스가 한국을 타깃으로 하고 있다는 첩보 때문입니까?"

"단지 그것만은 아닙니다."

"그럼?"

"원장님, 작년 임지연 박사의 납치 사건을 기억하고 계십니까?"

"알고 있습니다."

김태식 원장이 뚱한 표정으로 답했다. 2차장의 입에서 '4개국 장관회의 참가자들의 안전을 보장할 수 없다' 는 말이 나왔다는 게 마음에 들지 않았던 것이다.

"그때 경찰의 수사에 혼선을 일으킨 사람이…… 우리 직원 중에 있었습니다."

김태식 원장이 인상을 찡그렸다. 처음 듣는 내용이다. 하지만 혼선이니, 업무 방해니 하는 일들은 비일비재하지 않았던가?

"그 정도야 예측을 잘못하면 얼마든지 일어날 수 있는 일이 아닙니까?"

2차장 조성호가 고개를 저었다.

"납치 사건이 일어났을 때 우리는 정보를 차단당해 아무것도 알지 못했습니다. 그런 상황에서 우리 요원 중 하나가 특별수사대를 찾아가 거짓 정보를 흘린 겁니다. 나중에야 밝혀졌지만 대한민국 최고의 과학자가 납치되고, 경찰 병력 17명이 사망한 초대형 사건이었습니다."

"……."

"더 참담한 것은…… 우리 요원의 얼굴을 기억하고 있다고 증언한 경찰이…… 출석 요구서를 보내기로 예정된 날 교통사고로 사망했다는 겁니다. 그런데 사고를 낸 트럭 운전수는 자신이 무슨 일을 했는지 기억도 못 하고 있습니다."

"조 차장님의 말씀은……."

김태식 원장의 물음에 답한 사람은 박영찬 부장이었다.

"크라노스가 이미 한국에 상륙했을지도 모른다는 뜻입니다. 인정하고 싶지 않지만…… 국정원도 이미 뚫린 것 같습니다."

"설마……."

"임 박사 납치 건도 경찰의 보고 자료에만 의존하고 있는 형편입니다. 사건 발생 초기부터 정보가 차단당한 터라…… 적절히 대처할 수 없었습니다."

"그걸 왜 이제야……."

김태식 원장이 망연자실한 얼굴로 조성호 2차장을 바라보았다.

"그런 사실을 원장님께 보고하지 못한 것은 기밀유지를 위해서였습니다. 적이 어느 선까지 침투했는지 알 수 없었으니까요."

적이란다. 김태식 원장의 얼굴이 어두워졌다.

"그럼 지금은?"

"최소한 원장님은 믿을 수 있다는 확신이 있었습니다."

"허허, 이거 좋아해야 할지 혀를 물고 죽어야 할지 판단이 안 서는군요."

부하에게 신뢰받고 있다는 사실을 알았으니 기뻐해야 하겠지만, 국정원의 원장으로서는 이보다 더한 치욕도 없었다.

"두 분은 지금 당장 KEF 기획서를 제출해 주십시오. 내일 아침 대통령님과의 독대(獨對)를 신청하겠습니다."

"예."

조성호 2차장과 박영찬 부장이 목례를 해 보인 후 회의실을 나갔다.

김태식 원장이 다시 한 번 동영상의 재생 버튼을 눌렀다.

한 남자의 손끝에서 생성된 거대한 불덩어리가 철근 콘크리트로 지어진 5평 규모의 방공호로 날아갔다.

방공호는 삼 초 만에 녹아서 물처럼 흘러내렸다.

연이어 10센티 두께의 철판에 구멍이 숭숭 뚫렸다.

동영상은 남자가 공중부양으로 10미터 상공을 한 바퀴 도는 것으로 끝이 났다.

"KEF라……. 내가 노망이 들었다고 생각할지도 모르겠군."

김태식 원장의 손이 바쁘게 서류 위를 넘나들었다.

대통령에게 KEF의 창설을 건의해야 하는 일이다. 늙은이의 망령쯤으로 얕보이지 않으려면 밤을 새워도 부족할지 모른다.

*　　*　　*

“하아…….”

대통령의 입에서 한숨이 흘러나왔다.

어젯밤 국정원장에게 긴급 연락을 받고 오전의 공식 일정을 모두 취소했다. 그런데 만나자마자 하는 말이 -쿠바와 같은 독재국가에서도 뒤끝을 감당하지 못해 조직하지 못할 거라는- KEF를 창설하자고 한다. 그렇지 않아도 아무 곳이나 인권이라는 단어를 가져다 붙이는 한국에서 말이다.

“원장님, KEF에 대해서 모르고 있던 저도 기획서를 읽자마자 분노가 치밀어 오르는데…… 이걸 국민들이 납득할까요?”

“납득하면 안 되지요. KEF는 공식적으로 존재하지 않는 기관입니다.”

“…….”

대통령이 두 손으로 머리를 감싸 쥐었다.

정치판의 속성에 대해서는 귀가 따갑게 들었지만 이렇게 대놓고 ‘국민을 속이면 된다’는 식의 대화는 처음이다. 자칫 잘못하면 -반민주적이라는 이유로- 탄핵당하게 될지도 모를 일을 아침부터 면전에 들이미는 이유는 뭘까?

“잠시 대통령의 자리를 떠나서 개인적으로 여쭤볼게요.”

김태식 원장이 고개를 끄덕였다.

"교수님, 그래도 명색이 동문(同門)인 제게 왜 이러십니까? 임기를 반년 남겨두고 하야(下野)하는 꼴을 보고 싶어서 그러세요? 야당에서 냄새만 맡아도 저는 끝이라고요. 저뿐만 아니라 12월의 대선까지 완전히 물 건너간단 말입니다. 국정원에도 적대세력이 침투한 것 같다면서요. 그들이 양심선언이라도 하는 척하는 날에는…… 뒷감당을 어떻게 하려고 그러세요?"

"KEF요원을 100퍼센트 믿을 수 있는 사람들로 선발하면 됩니다."

"안 됩니다."

대통령이 단호하게 거절했다.

"대통령께서도 이번 '4개국 장관회의'를 성공적으로 치르고 싶겠지요? 그러기 위해서라도 KEF가 창설돼야 합니다."

"크라노스라는 국제범죄단체의 경고문 때문인가요?"

"그렇습니다."

"차라리 인원을 확충하세요. 경찰이 부족하면 특전사라도 데려다가 쓰시면 되잖습니까?"

"그렇게 해서 해결될 사안이 아닙니다. 크라노스는 특이능력자 집단이 확실합니다. 2007년 이후로 미국과 프랑스의 특수부대원 200여 명이 기지 내에서 죽었습니다. 폭탄테러 같은 게 아닙니다. 이걸 보시면 어떤 식으로 당했는지 조금은 이해하실 수 있을 겁니다."

김태식 원장이 책상 위에 올려두었던 노트북을 켰다.

그리고 지난밤 자신이 몇 번이고 다시 봤던 동영상을 재생했다.

삼십 분짜리 동영상이 끝났다.

하지만 대통령은 동영상의 재생이 끝난 뒤에도 LCD화면에서 눈을 떼지 못했다.

"……설마, 원장님 성품에 KEF를 만들려고 영상까지 조작하진 않으셨을 테고……. 대체 저 남자는 누굽니까? 우리나라에도 저런 초능력자가 있다니…… 정말 믿어지지 않는군요."

"이야기가 좀 깁니다."

"괜찮습니다. 공식 일정은 오후에나 잡혀 있으니까요."

김태식 원장은 자신이 알고 있는 이야기를 모두 털어놓았다. 대통령이 정치 생명을 걸어야 할지도 모를 일이니만큼 속이고 싶지 않았던 것이다.

긴 이야기가 끝나자 대통령이 두 손으로 눈을 비벼댔다.

"아아, 제가 요즘 업무 때문에 스트레스를 많이 받은 것 같습니다. 아침부터 환청이 들리는 걸 보면……."

"환청이 아닙니다. 현실이에요, 현실. KEF의 창설 요청과 대통령께서 들으신 강유진에 대한 것들은 모두 현실 속에서 일어난 일들입니다."

"……."

"지난 2011년, 국정원에서 탑골에 한국응용지질연구소를 세웠습니다. 그곳의 싱크홀에서 초고대문명의 흔적이 발견되었기 때문이지요. 그런데 미처 결과를 얻기도 전에 지진으로 싱크홀이 매몰되고 말았습니다. 동년 6월, 우리는 실패한 줄 알고 지질연구소를 폐쇄시켰지요. 그런데 우리가 찾던 그것을 강유진이라는 남자가 얻었던 겁니다."

"초고대문명이요?"

"이 사진들이 연구소에서 우리가 처음이자 마지막으로 건진 것들입니다."

김태식 원장이 책상 위로 몇 장의 사진을 늘어놓았다.

기이한 구조물의 잔해가 찍힌 사진들이다.

마지막 사진을 유심히 살피던 대통령이 중얼거렸다.

"이건 사람의 손바닥 모양인 것 같은데……."

"그렇습니다. 지하 6,000미터 깊이에서 찍힌 것이죠. 그게 바로 강유진이 지상으로 올라오면서 생성된 자국이었습니다. 그의 말이 사실이라는 것을 입증하는 유일한 사진이지요. 지금 보신 사진들은 모두가 특급기밀입니다. 대통령이라고 해도 KEF가 걸린 일이 아니었으면 보여드리지 않았을 겁니다."

"……."

대통령이 사진과 기획 서류를 번갈아 바라보았다.

아침부터 초고대문명과 특이능력자들이 관계된 국제범죄라니?

믿기도 어렵지만 믿지 않을 수도 없었다.

"다른 방법은 없나요?"

"현재로써는 KEF가 최선입니다."

…….

한참 만에 대통령이 물었다.

"그 반민주적인 계획을 기안한 사람은 지금 어디에 있지요?"

"2008년 콩고로 발령이 났습니다."

"하하! 설마 KEF를 기안한 죄로 좌천이라도 당한 건가요?"

당연히 농담이다. 아무리 KEF가 역사에 역행하는 기획서라고 해도 좌천까지 당했을 리가 없지 않은가?

"어떻게 아셨습니까? 부장까지 올랐다가 아프리카로 좌천된 사람은 김동식이 처음이라고 하더군요. 그런 이유로 국정원에서는 KEF를 거론하는 게 금기시되고 있습니다."

대통령의 얼굴에 어색한 미소가 떠올랐다.

"그러니까 지금 기안한 것만으로도 좌천이 보장된, 그 반민주 반인권의 비밀조직을 승인해 달라는 말씀인 거죠?"

"예, 정확히 그렇습니다."

…….

오래도록 침묵이 흘렀다.

김태식 원장은 답을 재촉하지 않았다. 대통령만이 내릴 수 있는 결정이다. 그 무게도 온전히 대통령 혼자만 져야 한다.

대통령에게 KEF를 감당할 능력이 있을까?

어쩌면 KEF는 그를 살릴 수도 있고, 죽일 수도 있었다. 한국인의 저돌성이 아니면 꿈조차 꿀 수 없는 극단의 특무법(特務法).

"……좋아요. 그렇게 하십시다. 남자가 한 번 죽지 두 번 죽나요? 대신 그들에게, 확실하게, 대한민국 국가정보원의 힘을 보여주세요."

"알겠습니다."

김태식 원장이 결연한 어조로 답했다.

"명심하세요. 4개국 대표들에게 무슨 일이 생긴다면…… 한국은 물론 아시아까지 대재앙에 빠지게 될 겁니다. 그걸 생각한다면 저 개인의 정치 생명은 아무것도 아닙니다."

"……."

김태식 원장이 고개를 끄덕였다.

그것은 단지 국가적인 위상이나 교류협력에 문제가 생긴다는 차원의 상투적인 말이 아니다.

대통령이 대재앙이라고 한 것은 러시아와 중국의 대표들 때문이었다. 러시아의 아나톨리 세르지코프와 중국의 왕칭은 일본과의 국경 분쟁에서 다분히 이성적인 태도를 취해 왔다. 그런 그들에게 이상이 생긴다면 쿠릴열도와 조어도(釣魚島)를 둘러싼 러・중・일의 갈등은 극에 달하게 될 것이었다.

그렇지 않아도 연일 계속되는 각국의 어선의 나포로 인해 아시아의 바다는 화약고처럼 변한 상태였다. 모두가 쿠릴열도와 조어도 해상의 지하에서 차세대 자원이라 불리는 리튬과 마그네슘이 발견된 때문이다.

우습게도 해마다 되풀이되는 일본과의 영토분쟁에서 한국은 다행히 비껴갔다.

한때 -독도 인근에 메탄하이브리드가 매장되어 있다는 설이 유행할 즈음- 일본이 독도영유권을 주장하며 한국 정부를 압박해 들어온 적도 있다. 하지만 사실이 아닌 것으로 밝혀진 뒤로는 잠잠해졌다. 독도가 천연의 풍광(風光) 외에 딱히 내세울 게 없다는 사실이 해묵은 영토분쟁을 잠재워 버린 것이다.

하지만 쿠릴열도와 조어도 해상 지하에 매장된 리튬과 마그네슘의 양은 상상을 초월했다.

덕분에 러시아와 중국과 일본의 갈등은 점점 고조되어, 이제는 나포를 거부하면 총격까지 예사로 해댈 정도였다.

지금도 러시아의 배 5척과 중국의 배 13척이 일본에 나포된 상태다. 물론 일본의 어선도 러시아에 4척, 중국에 5척이나 나포되어 있다. 서울에서 열리는 '4개국 장관회의'에서 나포된 선박들의 맞교환이 은밀하게 다뤄질 거라는 건 공공연한 비밀이었다.

김태식 원장은 노트북과 기밀자료를 하나씩 가방에 집어넣었다.

그런 김태식 원장을 물끄러미 바라보고 있던 대통령이 웃으며 말했다.

"김동식 부장님과 강유진이라는 분과의 자리를 만들어 줄 수 있겠습니까? 국가를 위한 무명(無名)의 헌신이 원훈(院訓)인 건 알지만, 저라도 기억해 주고 싶어서 말입니다."

"아직은 가능합니다."

법적으로 김동식은 백색요원(정체를 드러내고 활동하는 정보요원)이니 얼굴이 알려져도 상관없고, 강유진은 일반인인 까닭이다. 물론 강유진에 대한 보안등급은 이미 특급으로 분류돼 국정원에서조차 쉽게 열람할 수 없는 상태이기는 하다. 하지만 어차피 대통령은 그의 얼굴과 이력을 알고 있으니 비밀이랄 것도 없지 않은가?

"그럼 부탁드릴게요."

"KEF의 창설 전에 적당한 자리를 만들어 보겠습니다."

"그래요. 애써 주세요. 그 무시무시한 게 만들어진 이후에는…… 사람들의 이목이 무서워서 근처에 가고 싶은 마음도 들지 않을 테니까요."

"아시겠지만 지금 이후로 KEF는 잊어주십시오."

"네? 그게 뭡니까? 한국통신의 새로운 브랜드인가요?"

"……썰렁했다는 거 아시죠? 이만 돌아가 보겠습니다."

…….

대통령이 착잡한 눈으로 떠나가는 김태식 원장의 뒷모습을 바라보았다.

국정원의 쇄신을 이유로 천생 학자인 그를 복마전으로 끌어들인 게 영 마음에 걸린다.

"교수님, 부디 건강하십시오……."

*　　*　　*

조성호 차장과 박영찬 부장이 성북동의 안가를 방문한 것은 점심 무렵이다.

박영찬 부장은 안가에 도착하자마자 보안요원들을 모두 돌려보냈다. 그리고 의아해 하는 강유진에게 물었다.

"자장면과 짬뽕 중에 뭘 먹을 겁니까?"

"……자장면요."

"차장님은요?"

"짬뽕을 먹어볼까요."

"알겠습니다."

박영찬 부장이 냉장고에 붙어 있는 자석 스티커를 떼어내 창가로 걸어갔다.

"쌍용반점이죠? 자장면 두 개와 짬뽕 하나 그리고 탕수육 소(小)자로 하나 보내 주십시오. 여기 주소는……."

간단하게 주문을 마친 박영찬 부장이 강유진에게 눈을 찡긋해 보였다.

"탕수육은 내가 쏘는 겁니다."

"아, 네……."

강유진이 어색하게 웃으며 차장이라는 오십 대 남자를 힐끔 바라보았다. 박영찬 부장이 은연중에 어려워하는 것으로 보아 상급자인 모양이다.

눈이 마주치자 오십 대 남자가 웃으며 먼저 인사를 건넸다.

"국정원 2차장 조성호라고 합니다. 박 부장님을 통해 강 선생님의 말씀은 많이 들었습니다."

"강유진입니다."

"원장님께서 곧 도착하실 겁니다."

"아……."

간단한 인사말 뒤에 조성호 차장은 강유진에게 오파츠를 얻게 된 경위를 물어왔다.

강유진이 박영찬 부장에게 했던 말을 반복한 뒤에야 대화의 주제는 다른 것으로 바뀌었다.

연예계에서 정치, 경제, 문화 전반에 걸친 가볍고도 무거운 이야기들이 오고 갔다. 조성호 차장은 시종일관 편안한 태도를 유지했지만, 강유진이 하는 말을 하나도 놓치지 않고 있었다. KEF의 성패는 강유진의 능력과 인성에 달려 있다고 해도 과언이 아닌 까닭이다.

대화가 어느 정도 진정 국면으로 접어들었지만 원장은 오지 않았다.

박영찬 부장과 조성호 차장은 강유진의 사생활에 대해서는 약속이라도 한 듯 아무것도 묻지 않았다. 사실 두 사람은 강유진보다 강유진에 대해 더 많은 것을 알고 있는지도 몰랐다. 당연히 오파츠에 관한 것을 빼면 강유진에게 궁금할 것도 없었다.

하지만 상대에 대해 전혀 모르고 있는 강유진은 머리가 복잡했다. 이건 마치 대성그룹의 면접 때와 비슷한 분위기가 아닌가!

대화가 시들해지자 세 사람은 원장이 도착할 때까지 쉬기로 했다.

안가를 벗어날 수 없으니 TV를 켜본다거나 바람을 쐬러 마당에 나가본다거나 하는 게 전부였다.

그토록 기다리던 원장은 3시가 되어서야 도착했다.

"오는 길에 강 선생의 이력을 보았습니다. 다시 봐도 재미있더군요."

김태식 원장이 빙긋 웃었다.

"하하, 제가 심각한 건 좋아하지 않아서요."

"아, 그런 의미로 한 말은 아니었습니다."

"그럼 어떤?"

"운동권치고 사회에 티 안 나게 정착하는 사람이 드뭅니다. 그런데 강 선생은 주변에서 운동권 출신이라는 것을 모를 정도로 잘

적응했더군요."

"……."

한마디로 치열했던 과거를 잘 숨기고 살았다는 덕담이다. 그러나 스스로를 변절자라고 생각하며 살아온 강유진에게는 듣기 거북한 칭찬이었다.

"다른 사람들은 어떻게 생각하는지 몰라도…… 나는 그 사실을 아주 고무적으로 생각하고 있습니다."

"남들처럼 살고 싶어서 세상과 타협한 것뿐입니다."

"개인적으로 내가 중요하게 생각하는 것도 그겁니다. 평생 학교와 정부기관을 상대하다 보니 여러 인간 군상들이 보이더군요. 이념에 경도되어 현실을 부정하려고만 드는 사람, 이기적인 욕망에 사로잡혀 인간이기를 포기한 사람……. 나는 가슴속에 이상을 품고, 머리로는 현실을 직시하는 그런 사람이 좋습니다."

"……."

김태식 원장이 강유진을 지그시 바라보았다.

"마치 운동권 출신의 강 선생이 평범한 직장인으로서의 삶에 충실했던 것처럼 말입니다."

"알고 보면 양쪽 모두에 충실하지는 못했습니다."

강유진의 얼굴에 자조 어린 미소가 떠올랐다.

신념을 버린 변절자에 가정마저 파탄난 사람에게 '충실'은 과분한 단어였다.

"아닙니다. 솔직히 나는 강 선생이 데모를 업으로 하는 삶을 살아가고 있다거나, 도서관과 집과 미팅 자리만 오갔던 청년이라면 실망했을 겁니다."

"제 평생에 국정원장님께 그런 말을 듣게 될 줄은 몰랐네요."

"더구나 직장 일은…… 불가항력적인 일이었지 않습니까?"

"험, 험……."

자리가 불편한지 강유진이 헛기침을 터뜨렸다.

어째 대화가 자신의 가정사로 흘러가는 것 같은 느낌이 든다. 국정원장과 가정상담을 하고 싶은 생각은 없었다.

"허허, 실례를 할 뻔했군요. 단도직입적으로 말하겠습니다. 국가가 강 선생을 필요로 하고 있습니다. 협력해 주십시오."

"거부할 권리는 있나요?"

"없습니다."

"……알겠습니다. 하지만 저 역시 조건이 있습니다."

"가능한 것이라면 들어드리겠습니다."

"공무원이 제 인생의 목표였다거나, 제가 원해서 하는 일이 아니니…… 저에게도 자유를 주시기 바랍니다."

"어떤 자유를 의미하는 건가요?"

"컨설턴트(Consultant)의 개념으로 돕고 싶다는 뜻입니다. 국가나 조직에 대한 의무나 지시가 아닌 자발적인 의지로 말입니다."

"그 말을 액면 그대로 받아들여도 되는 건가요?"

"무슨 말씀이신지?"

"컨설턴트를 선택한 다른 의도는 없느냐는 겁니다."

김태식 원장이 강유진의 눈을 지그시 바라보았다.

숨김없이 전부 말해달라는 표정이다.

"……개인적으로 하고 싶은 일, 아니 해야 할 일도 있습니다."

"미안합니다. 국가가 강 선생에게 원하는 것은 상상하시는 것보다 더 큽니다. 강 선생에게는 하고 싶은 일을 할 시간이 없을 겁니다."

"하지만 저는 친구의 이름 앞에 맹세를 했습니다. 그의 이름으로 세상에 도움을 베풀겠다고, 세상을 구하겠다고 말입니다."

"알고 있습니다. 나도 아케론닷컴에 접속해 봤습니다. 대단한 사이트더군요. 해킹은 물론 서버주소까지도 추적이 불가능하니……. 대체 누구의 작품입니까?"

"좋은 사람입니다."

김태식 원장의 얼굴에 미소가 떠올랐다.

"허허, 좋은 사람이라……. 누가 만들어 줬는지 알 것도 같군요."

"네?"

"엔터프라이즈 호텔의 신 회장과 대성그룹의 임 회장은 동향(同鄕)의 친구죠. 임 박사가 납치를 당했을 때 대성그룹에서 사설탐정을 고용했다는 소문이 있었습니다."

김태식 원장의 얼굴에 미소가 감돌았다.

강유진은 뭐라고 말하려는 듯 입술을 움찔거리려다가 그만뒀다. 상대는 국가정보원의 수장이다. 어설픈 변명은 하지 않느니만 못하다.

"어젯밤에 아케론닷컴을 조사하던 전산요원이 두 손 두 발 다 들더군요. 그의 말에 의하면 아케론닷컴의 시스템을 개발할 수 있는 사람은 세계에 몇 없습니다. 그리고 소박하지만 진심이 담긴 감사의 글도 읽어봤지요. 여성 특유의 함축된 감정이 행간에 잘 녹아 있더군요."

"……."

"나도 그분이 좋은 사람일 거라는 데 동의합니다. 말이 샜습니다만, 강 선생이 할 일이야말로 세상에 도움이 되고, 세상을 구하는 일이라는 것을 알아주십시오."

강유진의 표정이 어두워졌다. 결국 계획했던 일들을 포기해야 할지도 모르는 상황이 마음을 무겁게 눌러 왔다.

하지만 다행히 김태식 원장은 심하게 몰아치지 않았다.

"그렇다고 아케론닷컴을 폐쇄하라는 말은 아닙니다."

"네? 그럼?"

"지금의 아케론닷컴은 자칫 자질구레한 심부름센터로 전락할 우려가 있습니다. 시간이 지날수록 '뜯긴 돈을 받아달라' 거나 '개나 고양이를 찾아달라', '배우자의 불륜을 조사해 달라', '달아난

파트너를 찾아달라' 는 식의 부탁이 주를 이룰 겁니다."

"……."

강유진은 부정하지 않았다.

솔직히 지금도 아케론닷컴의 취지를 이해하지 못한 답답한 의뢰가 계속 있었다. 모두 정중히 사양했지만 말이다.

"나는 아케론닷컴을 우리의 연락 창구로 사용할 생각입니다. 아무도 뚫지 못하는 최고의 보안서비스가 제공되는 곳이니 안성맞춤 아닙니까? 인터넷을 기반으로 하고 있으니 세계 어디서나 실시간으로 소통할 수 있다는 장점도 있고요."

"그 말씀은 제 홈페이지를 국정원에서도 사용하겠다는 말씀이신가요?"

"그렇습니다. 물론 그전에 우리 쪽에서 관리자와 접촉을 해볼 생각입니다. 간접적으로 우리가 합류하게 된 셈이니까요."

"어쨌든 제 홈페이지를 일반인들에게 오픈해도 된다는 말씀이시죠?"

"그렇습니다. 대신 너무 눈에 띄지 않는 평범한 홈페이지로 운영해 주셨으면 합니다. 그리고 앞으로는 스팸성 광고글도 지우지 마시고요."

"게시판 관리를 하지 말라는 말인가요?"

"그래야 우리 요원들이 자유롭게 소통할 수 있으니까요. 물이 너무 맑으면 고기가 살 수 없다는 말도 있지 않습니까."

"스팸글 속에 암호문을 섞어 넣겠다는 말로 들리는군요."

"그럴 가능성이 있다는 것을 부정하지는 않겠습니다. 비상시에는 가능한 모든 방법을 다 사용해야 하니까요."

"알겠습니다. 관리자와 상의해서 홈페이지를 리뉴얼하도록 하겠습니다. 그런데 개인적인 의뢰는 막고 싶지 않습니다. 큰 그물에 걸러지지 않는 인생도 적지 않으니까요."

양보할 수 없다는 듯 강유진의 음성에 힘이 들어갔다. 지극히 개인적인 일일지라도 누군가 도움을 필요로 한다면 돕고 싶었던 것이다.

"공익의 차원에서 막고 싶지는 않군요. 하지만 강 선생이 맡은 일에 지장을 주지 않는 선에서 도와야 할 겁니다."

"예."

가벼운 대답이 못미더웠던지 김태식 원장이 부연설명을 했다.

"생명의 무게를 숫자로 표현하는 것은 의미가 없는 일이지만…… 강 선생에게 수백 명의 목숨이 달려 있다는 것을 알아두십시오. 어쩌면 그 이상이 될 수도 있고요."

"……."

강유진이 황당한 표정으로 김태식 원장을 바라보았다.

갑자기 자신에게 수백 명의 목숨이 달려 있단다. 설상가상이라더니, 그 이상도 될 수 있다는 건 또 무슨 뜻일까?

"……제가 해야 하는 일이 뭔가요?"

말과 함께 강유진은 벽에 걸린 시계를 힐끔 쳐다봤다.

벌써 4시였다. 이 한마디 말을 듣기 위해 장장 한 시간이나 떠든 셈이다.

대답 대신 김태식 원장이 조성호 차장에게 눈짓을 보냈다.

조성호 차장이 들고 있던 서류가방에서 파일 하나를 꺼내 강유진의 앞에 내려놓았다.

"Korea Extreme Force?"

강유진이 김태식 원장과 조성호 차장을 번갈아 바라보았다.

김태식 원장이 허허로운 웃음을 지어 보였다.

"들어보시렵니까? 국정원에 내려오는 전설적인 설화(舌禍)들 가운데 하나입니다. 몇 년 전에……."

제6화

무명의 헌신

저녁 무렵에야 강유진은 성북동의 안가에서 나가도 좋다는 허락을 받았다.

물론 그냥은 아니다. 강유진은 KEF의 컨설턴트가 되기로 했다. 그리고 2월 1일부터 국정원 신임요원들의 훈련에 합류해 달라는 부탁을 받아들였다. 컨설턴트라고 해도 자신이 KEF의 핵심요원이라는 것을 알고 있었기에 거절하지 못한 것이다.

그걸 증명이라도 하듯 김태식 원장은 단지 컨설턴트인 강유진을 6급 공무원으로 채용해 버렸다. 국정원 원장의 직권으로 특채를 해버린 것이다.

병원 정문으로 들어가던 강유진이 너털웃음을 터뜨렸다.

"허! 엄청 출세했네……."

하루아침에 6급 공무원이 되고 말았다. 그야말로 스타급 연예인들이 말하는 '자고 일어났더니 출세를 했더라고요' 의 식이다. 공채로 모집하는 국정원 요원이 7급이니 그보다 한 등급 위다. 그 차이가 뭔지는 몰라도 -김태식 원장은 월급이 조금 더 나온다고 했다- 좋은 건 분명하리라.

그렇다고 자신의 최종 직업을 공무원으로 결정한 것은 아니다. 컨설턴트로 돕겠다고 끝까지 우긴 것은 그런 이유에서다.

김태식 원장은 '국정원에서는 그런 조력자를 에이전트라고 부른다' 고 했지만, 컨설턴트라는 명칭을 포기하지 않았다. 왠지 에이전트는 전문 스파이 같은 느낌이 든 까닭이다. 대부분의 영화에서 스파이를 에이전트라고 부르지 않던가!

결국 몇 시간에 걸친 밀고 당기기 끝에 신분상으로 6급 공무원이면서, 내용상으로는 컨설턴트로 결정이 났다. 김태식 원장은 '어차피 공식적으로 존재하지 않는 KEF니까 에이전트든 컨설턴트든 별 의미가 없다' 며 너털웃음을 터뜨렸다. 그럴 걸 왜 그렇게 고집을 부렸는지.

"작전수행에 차질만 없으면 된다 이거지……."

김태식 원장은 수백 명의 목숨이 달린 일이라고 했다. 그의 말이 과장인지 사실인지는 지내보면 알게 될 것이었다.

"그나저나 훈련이라니…… 징집영장이라도 다시 받은 기분이네."

훈련기간은 2월 1일부터 4월 30일까지 무려 삼 개월간이다. '4개국 장관회의' 개최 전까지만이라도 신임요원의 필수교육을 받아두라는 강력한 권고에 의해서다. 내키지 않았지만, 신임요원이 일 년간 훈련받는 것을 생각하면 특혜였다.

"뭐, 군대 같지는 않겠지. 나이도 있는데……."

게다가 김태식 원장이 만들어준 국정원에서 자신의 역할은 컨설턴트였다.

컨설턴트라고 했으니 신임요원과 똑같이 강도 높은 훈련을 시킬 리가 없지 않은가?

병실로 돌아가자 한바탕 소란이 일어났다.

외출을 나갔던 특실의 환자가 특별한 연락도 없이 잠적했으니 그럴 만도 하다. 게다가 강유진은 하루 한차례 외과과장의 특진을 받던 몸이었다.

혈압과 체온을 재던 담당 간호사가 웃으며 말했다.

"모두 정상이네요. 그동안 집에 가셨던 건가요?"

"아, 네."

자연스럽게 거짓말이 나왔다. 경찰 유치장과 국정원의 안가(安家)를 들락거렸다고 말할 수는 없지 않은가?

"과장님 따님이 걱정을 많이 하더라고요. 좋은 애인을 두셨어요."

둘이 어떤 관계냐고 묻는 것보다 더한 소리다.

"애인이 아니라 음식점 주인과 손님의 관계였습니다."

"어머, 음식점 운영하세요?"

"음식점이라기보다는 스낵카를 운영했었죠. 이제는 그만둬야 하지만."

"아! 스낵카……."

간호사는 스낵카 사장이라는 말에 잠시 멍한 표정이다. 대통령이나 사용한다는 특실의 환자가 스낵카 사장이라니 믿어지지 않은 모양이다.

"다른 일을 하시려나 봐요?"

신은미와 연인 사이가 아니라는 말을 들은 뒤로 간호사는 급호감을 보였다.

"네."

"……."

간호사는 뒷말이 궁금한 표정이었지만 강유진은 말하지 않았다.

"내일 아침에 과장님이 보자고 하실 거예요. 어디 가지 마세요. 아셨죠?"

"네."

"그럼, 편히 쉬세요. 간호사를 부르고 싶으시면 바로 인터폰 눌러 주시구요."

"네."

주섬주섬 의료기구를 챙긴 간호사가 돌아갔다.

그제야 강유진은 길게 하품을 했다.
"하함~ 너무 친절하니까 오히려 불편하군. 내일은 퇴원해야겠어."

밴에서 병실을 도청하고 있던 박미나가 간호사의 흉내를 냈다.
"아침에…… 어디 가지 마세요. 아셨죠~ 간호사를 부르고 싶으시면 바로 인터폰 눌러 주시구요~ 미치겠다, 정말. 아우~ 느끼해."
"박 선배, 설마 질투하는 건가요?"
자신보다 일 년 늦게 요원이 된 유희열의 농담에 박미나가 몸을 부르르 떨었다.
"질투? 미쳤니? 능력도 없이 백만 믿고 특실에 입원해 있는 백수에게는 관심 없다. 저 남자 은행 잔고가 얼만 줄 알아?"
"얼만데요?"
"29만 원이야. 네가 여자라면 그런 남자에게 호감이 가겠냐?"
"그 남자의 은행 잔고는 언제 뒤져보셨대요? 진짜 무섭다, 무서워."
"내 꿈은 현모양처(賢母良妻)라고. 그러려면 남자가 돈을 잘 벌어야 돼. 저 사람은 '아웃 오브 안중' 이야. 자기는 밖에서 좋은 대접을 받을지 몰라도, 집에 남겨진 가족들은 손가락만 쪽쪽 빨며 지내야 할 거야. 은행 잔고는 절대, 결코, 거짓말을 하지 않아!"
"그런데, 선배. 우리가 저 남자를 도청하고 있는 이유는 뭔가요? 우리는 대테러분과잖아요. 아무리 봐도 테러와는 관계가 없어 보이는데…….”

“테러범 맞아.”

“무슨 테러범요?”

“여자들에게 정신적인 테러를 가하고 있잖아. 너도 교태가 줄줄 흐르는 간호사들의 목소리를 들었어야 해. 아우! 된장녀들 같으니라고!”

“선배가 좀 과민한 거 아니에요? 병원에 갔다가 안 좋은 일 당한 적이 있었나 봐요?”

“응? 좀 있긴 하지.”

“뭔데요?”

“잠깐만…… 무슨 소리가 나는데…….”

헤드셋에 정신을 집중하던 박미나가 허탈한 표정으로 중얼거렸다.

“하아, 그냥 화장실 물 내리는 소리네……. 너, 과년한 처자(處子)가 밤 9시에, 남자 화장실 변기 물 내리는 소리를 듣고 있어야 하는…… 101가지 이유를 대봐.”

“무명의 헌신이죠.”

“그리고?”

“무명의 헌신입니다.”

“나가서 샌드위치나 사와.”

“변기 물 소리를 실시간으로 듣고도 식욕이 생겨요?”

"내가 원하는 게 아니야. 몸이 원하는 거야. 뛰어!"

"넵!"

유희열이 밴을 박차고 달려 나갔다.

잠시 후, 헐떡거리며 샌드위치를 들고 돌아온 유희열에게 박미나가 말했다.

"부장님이 철수하란다."

"예?"

"지금 가서 도청장비 회수하래."

"예에?"

유희열의 음성이 저도 모르게 높아졌다. 상대가 시퍼렇게 두 눈을 뜨고 있는데 장비를 회수하라니?

"강유진이 병실에 있는데 무슨 수로 회수를 합니까?"

"몰라, 인마. 지금 당장 가서 그 남자가 보는 앞에서 모조리 수거하란다."

"이러다가 우리 민간인 불법사찰로 법정에 서게 되는 거 아니에요?"

"그래도 되니까 그러라는 거겠지. 부장님 믿고 가봐~"

"왠지 모텔 앞에서 '오빠 믿지~' 이러는 분위기 같습니다."

"남자가 말 많네. 가져오라면 냉큼 가져올 일이지."

"예, 예, 갑니다. 제가 가야죠."

"이거 다 먹기 전까지 와라. 늦으면 먼저 철수할 거야. 동창회

가야 돼."

"아니, 밤 9시에 무슨 동창회요?"

"늦어도 꼭 참석해 달래. 내가 한 미모 하잖니. 동문의 꽃이라는데 가줘야지."

"선배님이 동창회 간다는 걸 보니 이번 작전은 끝난 모양입니다?"

"그래, 간만에 술이나 좀 마셔야겠다."

"알겠습니다. 십 분만 기다려 주십쇼. 싹 다 뜯어 오겠습니다."

유희열이 밴의 문을 박차고 밖으로 뛰어나갔다.

문이 닫히자 박미나가 고개를 설레설레 저었다.

"쯧쯧, 상대에게 자초지종을 설명해야 할 텐데……."

십 분이면 대략 병실에서 주차장까지 왕복하는 데 걸리는 시간이다. 하지만 그게 다가 아니다. 상대에게 간략하게나마 정황설명을 하고 철거해야 한다. 그런데 십 분만 기다려 달란다. 평소 덜렁거리는 유희열의 성격이 여실히 드러나는 순간이다.

그리고 정확히 십 분이 지나자 밴은 병원 주차장을 빠져나갔다.

박미나는 바쁜 여자였던 것이다. 물론 기다림에 익숙하지 않은 성격도 한몫했지만 말이다.

그즈음 유희열은 강유진에게 붙들려 불법도청의 당위성에 대해 변명하고 있었다.

또다시 감시를 당한 것에 대해 기분 나빠하는 강유진을 잘 다독거려야 했기 때문이다. 설득 작업은 거의 이십 분이 넘어서야 끝났다.

약속 시간을 한참 넘기고 주차장에 도착한 유희열은 텅 빈 자리를 보며 '씨발! 씨발!'을 연발했다.

그리고 택시정류장으로 터덜터덜 걸어갔다. 머릿속으로는 왜 박 부장이 그런 정신 나간 지시를 내렸는지 고민하면서 말이다.

*　　*　　*

강유진이 유치장에서 하룻밤을 보내는 동안 마포에서는 조폭 간의 전쟁이 일어났다. 하지만 워낙 신속하고 은밀하게 진행된 싸움인지라 경찰에서조차 알아차리지 못할 정도였다. 약 한 시간에 걸친 전쟁으로 마포의 일신상사는 완전히 해체되고 말았다.

그날 밤 잘나가던 강한일과 그의 직계조직원 세 명은 -마트에서 파는 육류처럼- 플라스틱 백에 포장되어 경기도 외곽으로 실려갔다.

다음 날 동방파 두목 황문석의 직계부하 십여 명이 일신상사를 접수했다. 정확히 말하자면 접수가 아니라 인수인계를 받았다. 갑자기 튀어나와 강한일을 없애버린 대신캐피탈의 사장 이태산이 황문석에게 모든 권리를 넘기고 떠나버렸기 때문이다.

황문석은 일신상사의 간판을 바꾸지 않고 그대로 사용하기로 했다. 괜히 지역사회에 혼란을 야기시키고 싶지 않아서다. 일신상사는 동대문사단의 하부조직이었기 때문에 간판을 그대로 사용하는 것은 별 문제가 되지 않았다.

"큰형님, 여기 알짜배긴데요. 수금장부를 보니까 장난 아닙니다. 근데 강북의 이 사장이 왜 우리에게 넘긴 걸까요?"

서류를 뒤적이던 곽원식이 궁금하다는 듯 황문석을 바라보았다.

순간 황문석의 볼이 실룩거렸다. 불쾌할 때면 나타나는 황문석의 버릇이었다.

"야 이 쟈샤, 내가 회사에서는 그런 말 쓰지 말랬지. 깡패들처럼 큰형님이 뭐냐? 큰형님이……."

"아! 죄송합니다. 사장님! 제가 깜빡했습니다."

"너도 머리라는 게 있으면 생각을 해봐. 이태산이 마포를 먹으면 우리 동대문사단이랑 전쟁을 하자는 건데, 걔들이 그렇게 하겠냐?"

"그럼, 처먹지도 않을 걸 왜 박 터지게 싸워서 뺏는답니까? 대신 쪽에서도 한 명 죽어 나갔다고 하던데요."

"모르지. 그 새끼들 속을 누가 알겠냐?"

"일 년 사이에 주인이 몇 번이나 바뀌네요. 이러다가 큰 전쟁 나는 거 아닌가 모르겠습니다, 사장님."

"회장님도 지금 그걸 걱정하고 계시기는 하더라만……. 그건 그렇고 아직 오태성은 연락이 안 돼? 그 새끼 어디 처박혀 있는 거야?"

"예, 어제 저녁부터 전화기도 꺼져 있습니다. 그런데…… 거기뿐 아니라 칠성파와 광주파도 전화를 안 받습니다. 모두 전화기가 꺼져 있습니다, 형님."

"뭐어? 뭔 일 일어난 거 아니야?"

불안해진 황문석이 입술을 질근질근 물어뜯었다.

세 개 조직의 수뇌부가 하루아침에 어디론가 사라져 버리다니? 조폭 생활을 오래했지만 지금까지 단 한 번도 이런 적은 없었다.

"일신상사에서 무슨 일이 일어나고 있는 건 틀림없는 것 같습니다. 갑자기 사장이 바뀌더니, 대신에서 쳐들어와서 싹 물갈이 해 버리고……. 아무래도 마(魔)가 낀 것 같은데…… 우리가 이렇게 들어와서 차지하고 있어도 되는지 모르겠습니다, 형님."

"아! 그 새끼! 재수 없는 소리 하고는……. 불안하면 어디 가서 부적이라도 몇 장 받아 오든가."

"부적요?"

"마가 꼈다면서? 그럼 부적이라도 붙여봐."

"아이구! 형님, 형님은 공고(工高)까지 나오셨으면서 미신을 믿습니까?"

"많이 배운 거랑 종교는 관계가 없어, 인마."

잠시 생각하던 곽원식이 고개를 끄덕였다. 그러고 보니 대학교를 졸업한 점쟁이도 많다는 소리를 들은 것 같아서다.

"……그럼, 몇 장 사다가 붙여놓겠습니다."

"너무 비싼 건 하지 말고."

"예, 형님."

대답과 함께 곽원식이 자리에서 일어섰다.

"나가는 김에 우리 구역도 한 바퀴 돌아보고. 이런 때일수록 애들 단속 잘해야 된다."

"예, 형님!"

멀어져 가는 곽원식의 뒤통수를 보며 황문석이 중얼거렸다.

"아, 그 새끼, 형님이라고 하지 말라니까……."

*　　*　　*

9시쯤 됐을까? 신철호 박사가 특실 문을 열고 들어왔다. 회진을 돌기에는 조금 이른 시간이었다. 게다가 동행한 인턴이나 간호사들도 보이질 않았다. 개인적인 용무가 있거나 극단적으로 성실한 의사일 것이다. 강유진은 전자라고 생각했다.

"검사가 있나요?"

"아닙니다. 어젯밤에 돌아왔다는 연락을 받고 궁금해서 와본 겁니다."

"아, 네. 별일 없으면 퇴원하려고 하는데요. 괜찮겠습니까?"
"흠! 옷을 좀 올려보세요."
강유진이 상의를 끌어올렸다.
신철호 박사가 상처 부위를 손으로 꾹꾹 누르며 중얼거렸다.
"외상은 다 나았군요. 누를 때 통증이 느껴집니까?"
"윽! 박사님, 그렇게 세게 누르면 멀쩡한 부위도 아플 겁니다."
강유진이 엄살을 부렸다.
"험, 험! 하도 멀쩡해 보여서 손에 힘이 조금 들어갔나 보군요. 이 정도면 퇴원을 해도 괜찮을 겁니다. 정말 놀랍다라고밖에는……. 정말 총에 맞은 것 맞나요? 이 흉터가 아니면 아무도 믿지 못할 겁니다……. 휴우!"
신철호 박사의 입에서 한숨이 흘러나왔다.
몇 주 더 붙들고 놀라운 상처 회복력을 검사하고 싶었는데, 퇴원하겠다니 아쉬웠던 것이다.
"어차피 본인이 내는 입원비도 아닌데…… 조금 더 머물 생각은 없습니까? 대한민국 의료계를 위해서."
"생체실험이라도 하실 기세로 보입니다."
"허허, 그럴 리가. 세포조직과 피 조금이면 되는데……."
"텐트 안으로 낙타의 머리를 들이지 말라는 우화를 읽은 기억이 나는군요."
"쯧! 거절한다는 소리로군요. 이기적입니다."

말과 달리 신철호 박사의 얼굴은 부드러웠다. 나름 농담을 구사하고 있는 것이다.

강유진이 가볍게 받아쳤다.

"행복추구권이라고 생각해 주세요."

"험, 언제 퇴원할 생각인가요?"

"아침 먹고요."

"우리 딸이 오후에 오는데, 안 만나보고 그냥 갈 생각입니까? 그래도 생명의 은인인데?"

신철호 박사가 강유진을 힐끔 쳐다보았다.

두 사람이 만나는 걸 좋아하지 않지만, 딸이 무시당하는 건 더 싫었던 것이다.

"생명의 은인에게는 따로 감사 인사를 할 생각입니다. 좋은 자리에서 정중하게요."

"험, 그렇군요. 그리고 이건 딸자식 가진 부모로써 궁금해서 물어보는 건데 말입니다. 곤란하면 대답하지 않아도 됩니다."

"질문이 호기심을 자극하는군요. 말씀해 보세요."

"엔터프라이즈 호텔의 신 회장님과 어떤 관계인가요?"

"아무 관계도 아닌데요."

"정말입니까?"

신철호 박사가 의미심장한 눈으로 강유진을 바라보았다.

"네."

"그런데 왜 그 호텔에서 특실에 입원을 시켜 줬지요? 여긴 전직 대통령들이 건강검진을 할 때나 사용될 정도로 고급스러운 곳입니다. 그룹 회장이나 월드 스타면 모를까…… 강 사장님 같은 일반인이 장기 입원할 만한 곳은 아닌데요."

"저도 궁금하군요."

물론 임지연으로부터 '큰아빠가 신 회장님에게 부탁했다'는 말을 들었다. 하지만 이 자리에서 그런 말을 할 수는 없었다.

*　　*　　*

강유진은 병원에서 아침 식사를 마치고 나서 퇴원 수속을 했다. 딱히 수속이라고 할 것도 없었다. 원무과에 '지금 퇴원하겠다'는 전화를 한 통 한 것뿐이다. 원무과에서 날짜와 시간을 확인한 후에 '알겠습니다'라고 답했다. 그것으로 끝이었다.

강유진은 사복으로 갈아입고 병실을 나섰다.

입원해 있는 동안 정이라도 들었는지 병원을 나서는데 허전했다. 무작정 길을 걸으며 왜 그런가 곰곰 생각해 보니 자신에게 원인이 있었다. 가정이 해체된 뒤로 딱히 가고 싶은 곳도 없고, 돌아갈 곳도 없었던 것이다.

그렇게 거리를 방황하던 강유진은 마포로 향했다.

일신상사의 한영권을 찾아가려는 것이다. 이미 이기백 사장의 증언을 확보했다. 하지만 그것으로는 부족하다. 직접 킬러를 고용한 한영권의 증언까지 확보하면, 자민당의 대표 박창섭 의원이라고 해도 별수 없을 것이었다.

마포에서 일신상사를 찾는 것은 어렵지 않았다.

하지만 아무리 일신상사를 기웃거려도 한영권은 보이지 않았다. 아니, 한영권은 물론 그의 심복들까지 종적이 묘연했다.

점심 무렵, 남자 하나가 강유진에게 건들거리는 걸음으로 다가갔다. 아까부터 사무실 앞을 기웃거리니 욕이라도 한바탕 퍼부으려는 것이다. 그런데 가만히 보니 낯이 익다. 사내는 잠시 서서 상대가 누군지 기억해 내려고 애를 썼다.

강유진이 먼저 사내를 향해 아는 체를 했다.

"이제야 아는 얼굴을 하나 만났네. 이봐, 나야. 그동안 잘 지냈나?"

"이봐? 나야? 당신 나 알아?"

사내 김수한이 어리벙벙한 표정으로 자신을 가리켜 보였다.

아무리 봐도 보통 사람인데 조폭인 자신에게 태연히 말을 걸다니? 그것도 조폭 사무실 앞에서 말이다. 신선하면서도 왠지 귀에 거슬렸다.

강유진이 빙긋이 웃으며 말했다.

"이봐, 너 학교 다닐 때 공부 못 했지? 얼마나 됐다고 벌써 나를 잊어?"

"이런 씨발 놈이, 죽지 못해 환장을 했나. 어디서 주둥이를 함부로 놀려! 아가리 찝창을……."

김수한이 상대의 앞으로 한걸음 성큼 다가섰다.

"진짜 잊었구나? 밤에 봤다고 기억을 못 하네. 자식, 나야 인마, 스낵카 사장."

"……여, 여기는 어쩐 일이십니까?"

김수한의 태도가 돌변했다.

그제야 상대가 누군지, 왜 낯설지 않은지 기억해 낸 것이다. 그날 다친 손목이 다시 욱신거리는 느낌이다.

"어쩐 일은, 우리 영권이 만나러 왔지. 영권이 어디 갔냐?"

강유진은 일신상사의 사장인 한영권이 강한일을 통해 사주한 것으로 생각하고 있었다.

살의가 느껴지는 강유진의 물음에 김수한은 흠칫 몸을 떨었다.

재빨리 주변을 두리번거리던 김수한이 속삭이듯 말했다.

"저, 여기서 이러지 마시고, 자리를 옮기시죠. 제가 말씀드리겠습니다."

"옮겨? 안으로 들어가자고?"

강유진이 일신상사가 있는 빌딩으로 걸어가려고 하자 김수한이 급하게 막아섰다.

"혀, 형님, 그쪽이 아니라…… 저쪽으로."

김수한의 손이 빌딩의 반대편을 가리켰다.

"헐, 내가 왜 네 형님이냐?"

그러면서도 강유진은 상대가 가리키는 방향으로 걸어갔다. 어쨌든 빨리 한영권만 찾아야겠다는 생각에서다.

김수한이 간 곳은 근처의 지하 다방이었다.

가장 후미진 자리를 찾아 들어간 김수한은 아가씨들까지 오지 못하게 물리쳤다.

이윽고 김수한의 입에서 나온 말은 강유진을 충격에 빠트렸다.

"이틀 전에 일신상사의 주인이 다시 바뀌었습니다."

"한영권은?"

강유진은 일신상사의 주인이 누군지 알고 싶지 않았다. 그가 원하는 것은 한영권이었다.

"한 사장님은 작년 겨울에 실종됐습니다."

"한영권이 작년 겨울에 실종됐다고?"

"그렇습니다."

"정확하게는 크리스마스 전후로 사라지셨습니다."

"……."

강유진이 인상을 찡그렸다.

김수한의 말이 사실이라면, 자신이 피격당하던 시기에 한영권도 변을 당한 게 틀림없었다. 자신과 한영권을 동시에 노릴 만한 사람이 누굴까?

강유진의 머리가 분주하게 돌아갔다.

자신에게 원한을 가진 상대는 일신상사와 떼강도의 집안밖에 없다. 자신은 그렇다 치자. 한영권은 왜 노렸다는 말인가?

'설마 일신상사 내에서?'

조직 내부의 문제와 외부의 문제가 겹쳤다면, 둘을 제거할 만도 하다. 아니, 그것 외에는 이유가 없다. 그렇다면 강한일의 단독 범행이 된다.

"한영권 다음에 강한일이 두목이 된 건가?"

아마 그자가 한영권을 없앴을 것이다.

"그 뒤에 강한일 형님이 대표가 되셨는데…… 이틀 전에 직계 세 명과 함께 실종됐습니다."

"뭐? 작년 겨울에 한영권, 이틀 전에는 강한일이 실종됐다고?"

뜻밖의 소리에 강유진의 언성이 높아졌다.

"예, 그래서 이번에 새로 오신 황 사장님이…… 부적도 붙이고 그러는 모양입니다."

"이봐, 너희들 세계에서 실종이란 뭐지?"

"……그런 식의 실종은 거의 대부분 묻힌 걸 의미합니다."

"죽었다는 말인가?"

"한 사장님은 몰라도, 강 사장님과 그 라인은…… 죽어서 실려 나갔다고 들었습니다."

"강한일이 죽어? 누가 죽여?"

"제가 지방에 가 있는 동안…… 강북의 대신캐피탈이라고 잘나가는 조직이 있습니다. 거기서 밀고 들어와서 싹 쓸어버렸다네요. 그날 다친 우리 애들 십여 명이 근처 병원에 입원해 있습니다. 걔들 말이 강 사장님과 직계 세 명은 죽었답니다."

"미쳤구나. 사람을 죽여?"

"원래 이 바닥이…… 한번 전쟁이 나면 몇 사람은 흔적도 없이 사라지곤 합니다. 시체가 발견되기 전까지는 다 실종 처리되죠."

"그러니까 정리하면…… 한영권은 작년에, 강한일과 그 직계부하들은 이틀 전에 죽었다?"

"예."

"제길! 더럽게 꼬였네."

산 넘어 산이다.

이제 한영권이나 강한일의 증언을 녹화하는 건 물 건너간 셈이다. 박 의원과 양 사장이 조금 더 안전하게 된 셈이다.

"그런데 한 사장님은 무슨 일로?"

"잔챙이들은 몰라도 돼. 나가봐. 사무실에는 들르지 말고."

"예?"

강유진이 피식 웃으며 말했다.

"나를 다방으로 데리고 온 건…… 너희들 사무실에서 나와 만나고 싶지 않아서잖아? 그런데, 설마 내가 확인도 않고 그냥 돌아갈 거라고 생각했냐?"

"……."

"그러니까 네가 사무실에 들르지 말아야지. 안 그래?"

"……형님, 좀 봐주십쇼."

"지금 보고 있잖아, 인마."

뻔한 농담에도 김수한은 웃을 수 없었다.

"새로 오신 황 사장님은 형님을 잘 모르기 때문에…… 여럿 다칠 겁니다."

"다 자기 팔자인 거지."

"여기서 우리가 더 깨지면 서울에서 전쟁이 날지도 모릅니다. 우리 쪽 세력이 너무 약해져서……."

"이것들이 아무데나 전쟁이란 소리를 가져다 붙여. 니들도 서울이 불바다가 될지도 모른다고 협박하는 거야? 하여튼 못된 짓은 금방 배운다니까."

"……."

"근데 너 말도 제법 조리 있게 잘하고, 조직 걱정도 하고, 그냥 똘마니 같지는 않다?"

"잔챙이 맞습니다."

"읊어봐."

"네? 뭘요?"

"네 이력서를 읊어보라고, 인마."

머뭇거리던 김수한이 마지못해 입을 열었다.

"저는 1980년에 2남 중 차남으로 태어났습니다. 엄한 부친과 자애로운 어머니의…… "

"야, 야, 진짜 이력서 쓰냐? 공부는 어디까지 했는데?"

"전문대 졸업했습니다."

"그런 놈이 왜 조폭을 해?"

"집안이 워낙 그쪽 계통이라서 말입니다."

"허, 조폭도 가업(家業)이라고 말할 수 있는 거냐?"

"부끄럽지만 그렇습니다."

"가업이 아니라 그냥 사회악이지. 그런 건 미국같이 큰 나라에만 있는 줄 알았는데…… 놀랍군. 정말 놀라워."

"맞습니다. 조폭은…… 사회악입니다. 하지만 달리 생각하면…… 구조적으로 문제가 있는 집에 생기는 곰팡이 같은 겁니다. 큰 집이든 작은 집이든 곰팡이는 피지 않습니까? 어차피 영구박멸이 불가능하다면…… 선용(善用)하자는 게 저의 생각……."

"조폭을 선용해? 참 가지가지 한다. 그런 놈이 국수라도 팔아서 살아보겠다고 애쓰는 사람을 두드려 패겠다고 설쳐댄 거야?"

"싫지만 따라야 할 때가……."

"가, 인마. 세상을 삐딱한 눈으로 보는 건 좋은데…… 구조적인 문제를 만드는 놈들이 다 너 같은 생각을 가진 놈들이야. 너는 악의 축이야. 가업을 잇든 창업을 하든 알아서 하고, 내 앞에 걸리적거리지나 마. 말을 제법 조리 있게 하는 것 같아서 생각이 있는 놈인가 싶었는데, 영 아니네. 서울에서 조폭들 간에 전쟁이 나건 브루스를 추건 나랑 상관없어. 황 사장에게 가서 몸단장하고 기다리라고 해. 이 커피 다 마시면 올라갈 테니까."

"……."

김수한이 입술을 질끈 깨물었다.

이젠 정말 황문석에게 먼저 가서 귀띔을 해주는 수밖에 없다.

강유진은 차갑게 식은 커피를 천천히 마셨다.

달콤하고 씁쓰름한 커피의 맛이 마치 자신의 인생과 같다는 생각이 든다.

얼마 전까지 인생의 달콤하던 때는 다 지나갔다고 믿었었다. 하지만 어떻게 보면 지금이 가장 화려한 때다. 컨설턴트지만 공무원이 됐고, 몸은 점점 젊어지고 있으며, 보통 사람은 꿈도 꿀 수 없는 차원의 힘까지 사용할 수 있다.

하지만 기분은 커피를 마신 뒤끝처럼 텁텁했다.

아무도 자신을 이해하지 못할 것이다. 병원에서 눈을 떴을 때 의아한 시선으로 자신을 바라보던 수많은 사람들. 분명히 평생을 그런 사람들 속에서, 그런 시선을 받으며 살다가 죽을 것이다. 그걸 행복한 인생이라고 말할 수 있을까?

아니, 지금의 자신은 인간이기는 한 걸까?

언제부터인가 슬픔도, 분노도, 사랑도 영화를 보듯 제3자의 시선으로 바라보게 된다. 이제는 사랑한 만큼 증오했던 전처를 만나도 별다른 느낌이 들지 않을 것 같다. 심지어 하나뿐인 딸을 만나도 말이다. 그건 성공한 것도, 화려한 인생도 아니다.

그저 심연 속에 웅크리고 앉아 세상을 바라보는 괴물일 뿐이다.

니체는 『선악의 저편』에서 "누구든 괴물과 맞서 싸우는 자는 그 과정에서 자신이 괴물이 되지 않도록 주의해야 한다. 그가 깊이 심연을 응시할 때 심연 또한 그를 깊이 응시한다"라고 했다. 하지만 정작 자신이 괴물인 경우에는 뭘 주의해야 하나?

강유진은 마지막 한 방울까지 입안에 털어넣고 일어섰다.

"어머, 가시게요?"

마담이 친근한 미소로 다가왔다.

"얼마죠?"

"아까 일행분이 계산했어요."

"그렇군요. 잘 마셨습니다."

"또 오세요~"

강유진이 눈인사를 한 뒤 다방을 나섰다.

제7화

데스 매치(Death Match)

지상으로 올라서자 찬바람이 얼굴을 사납게 할퀸다.

강유진은 옷깃을 세우고, 일신상사가 입주해 있는 금와빌딩으로 빠르게 걸어갔다.

겨울이라는 삭막한 계절의 영향 탓일까? 동네의 분위기가 스산해서 오래 머무르고 싶은 생각이 들지 않았다.

강유진은 금와빌딩 앞에서 잠시 생각을 정리했다.

더 깨지면 전쟁이 날지도 모른다는 김수한의 말이 자꾸만 발길을 잡았다. 조폭들에게도 나름의 균형감각이 있다는 것을 처음 알았다. 힘의 균형을 유지함으로 피를 덜 흘리고 싶다는 바람은, 진창에 핀 연꽃과 같지 않은가!

잠시 후 강유진은 금와빌딩으로 들어갔다.

입주 사무실의 안내판을 보니 일신상사는 빌딩의 4층 전체를 사용하고 있었다. 생각보다 규모가 큰 조직이다.

엘리베이터 안에서 강유진이 속삭였다.

“에르 쉬 바쿰.”

세 개의 서클이 나타났다.

서클은 하나로 융화되는가 싶더니, 이내 고운 빛을 뿌리며 사라져 갔다.

칠흑 같은 공간에 다섯 개의 은하수가 떠올랐다.

“클레베스.”

마치 고양이의 눈처럼 은하수 하나가 어둠 속에서 깜빡였다.

“우다 칼라가덴.”

후드드득.

강력한 보호의 주문을 외우자 뭔가 피부를 덮는 느낌이 든다.

강유진의 얼굴에 희미한 미소가 떠올랐다.

클레베스와 함께라면 큰 희생 없이 일을 마칠 수 있을 것이었다.

띵~

4층에 도착했다는 알림음이 들려왔다.

곧이어 엘리베이터의 문이 열리자 강유진의 눈이 조금 커졌다.

뜻밖에도 김수한이 기다리고 있었다.

"어서 오십쇼. 안내해 드리겠습니다."

김수한의 허리가 직각으로 꺾였다.

그 뒤로 십여 명의 조직원들이 보였다. 대부분 호기심 어린 시선이었지만, 그중에 몇은 시선을 내리깔았다. 몇 달 전에 만났던 사람들일 것이다.

이른바 신구(新舊)의 조화다.

두목들과 달리 말단 조직원은 바뀌지 않은 모양이다.

김수한은 안쪽으로 한참 들어가 사장실 앞에서 멈춰 섰다.

이미 말이 되어 있었던 듯 김수한은 망설이지 않고 문을 열었다.

순간 황문석이 자리에서 일어나 소파 쪽으로 걸어 나왔다.

"어서 오십쇼. 말씀 많이 들었습니다. 황문석입니다."

"강입니다."

말과 함께 강유진이 소파에 걸터앉았다.

지나치게 태연한 강유진의 움직임에 황문석의 얼굴이 조금 굳었다.

조카뻘인 김수한에게 이런저런 소리를 듣긴 했지만, 눈앞의 남자는 그다지 강해 보이지 않았다. 그런 사내가 저렇게 오만방자한 태도를 보이고 있는 것이다. 일신상사쯤은 눈에 차지도 않는 동방파의 두목 앞에서 말이다.

눈살을 찌푸리던 황문석이 김수한에게 고개를 돌렸다.

김수한이 필사적으로 머리를 흔들었다.

황문석의 눈이 가늘어졌다.

김수한이 보이고 있는 특이한 행동에 머리가 복잡해진 것이다. 다른 건 몰라도 그가 사내를 두려워하고 있다는 것은 분명해 보였다. 인정하고 싶지 않지만, 자신보다 더 사내를 어려워하고 있었다.

'문밖에 동방파 조직원이 대기하고 있는 상황에서?'

김수한이 미친 게 아니라면 분명한 이유가 있을 것이었다.

"하하, 생각보다 젊으시군요. 일신상사의 일로 찾아오셨다고요?"

황문석은 강이라는 남자를 조금 더 관찰해 보기로 했다.

하지만 강이라는 남자는 도무지 관찰할 시간을 주지 않았다.

"한영권과 강한일 어디 있습니까?"

"허허, 이거 뭐라고 말을 해야 하나……."

황문석이 이글거리는 눈으로 김수한을 쏘아보았다.

마음 같아서는 확 뒤집어엎고 싶었다.

그런 황문석의 마음을 짐작한 김수한이 다급한 어조로 말했다.

"황 사장님, 한영권과 강한일의 생사만 확인해 주십쇼. 부탁드립니다."

"어이, 조카. 그래도 이건 아니지. 나 동방파의 황문석이야. 내 성격 알잖아. 나 지금 많이 참고 있는 거야. 그런데…… 씨발, 내가 헬스장 안내원이야? 아무나 찾아와서 묻는 말에 재깍재깍 대답해 줘야 하는 거냐고! 이 황문석이!"

강유진이 소파에 파묻히듯 길게 몸을 뉘었다.

"최두봉과 이승민도 그러다가 많이 맞았다……. 아무래도 오늘이 니들 조직의 마지막 날인가 보다. 참기 싫으면 애들 다 불러와. 기다려 줄게."

"뭘 불러! 이 개새끼야!"

황문석이 비호처럼 몸을 날렸다.

황문석의 주먹은 어느새 강유진의 콧잔등에 닿아 있었다.

퍽퍽퍽.

망치질이라도 하듯 황문석이 주먹질을 해댔다. 마치 주먹질로 상대를 소파에 때려박을 기세다.

피가 튀었다.

눈 깜짝할 사이에 주먹질을 끝낸 황문석이 강유진의 위에서 표호(票號)했다.

"어때! 개새끼야! 이제 좀 정신이 드냐!"

"무겁다, 인마. 내려가라."

강유진이 권태스러운 표정으로 중얼거렸다.

황문석이 의아한 눈으로 상대의 얼굴을 바라보았다. 피까지 튀었는데 상대는 맞은 얼굴이 아니다. 그럼 이 피는 누구의 것이란 말인가?

김수한이 황급히 다가와 황문석의 손에 수건을 감았다.

"사장님, 참으라고 했잖습니까! 손 좀 움직이지 마세요."

황문석이 주춤주춤 뒤로 물러섰다.

그제야 정신이 번쩍 들었다.

고개를 돌리니 주먹을 감싼 수건이 붉게 물들어 있다. 수백 개의 바늘로 찌르는 듯한 통증이 한꺼번에 밀려왔다.

"으윽, 뭐, 뭐야, 이거?"

상대의 얼굴에는 피가 한 방울도 묻어 있지 않았다. 소파 등받이에도 피가 튀었지만, 사내의 얼굴에는 얼룩 하나 없었다.

귀신이다. 아니, 괴물이다.

소름이 오싹 돋았다.

강유진이 자리에서 천천히 일어났다.

순간 무지막지한 기운이 두 사람을 찍어 눌렀다.

주먹을 매만지던 황문석과 김수한이 거의 동시에 뒷걸음질 쳤다.

"인생이 불쌍해서 한 번 더 기회를 준다. 그놈들 어딨냐?"

김수한이 황문석의 팔을 강하게 움켜잡았다. 버티지 말고 제대로 답하라는 뜻이다.

"……한영권은 죽었을 겁니다."

얼마나 놀랐는지 황문석의 입에서 존댓말이 튀어 나왔다.

"누가 죽여?"

"그, 그건 모릅니다. 빨빨거리고 다니던 놈이 어디에도 코빼기를 보이지 않으니까…… 죽었다고밖에는……. 어쩌면……."

"뜸들이지 마라."

"소문입니다만, 강한일에게 당했을 거라는 말이 있습니다. 작년 겨울에 강한일이 사단장님에게 거액을 바친 걸 보면…… 그놈이 한 사장을 제낀 게 분명합니다. 정상적인 절차였다면…… 동대문 사단에 보호비를 낼 리가 없었을 테니까요."

"강한일이 돈을?"

"예, 몇 억을 상납했다고 들었습니다."

"사단장이 누구야? 현역 군인도 조폭에 있나?"

"아닙니다. 오태수 큰형님이 동대문사단을 조직해서…… 우리끼리 사단장님이라고 부르는 겁니다. 큰형님이 그렇게 부르는 걸 좋아해서……."

"……."

강유진은 잠시 생각에 잠겼다.

그제야 사건의 윤곽이 선명하게 떠올랐다. 모든 건 강한일이 벌인 짓이었다. 살인범들의 가족에게 돈을 받고, 자신과 한영권을 죽이려고 한 것이다.

"그럼 강한일은?"

"이틀 전에 대신캐피탈 이 사장이 강한일의 조직을 습격했는데…… 그때 강한일과 그쪽 라인 세 명이 죽었습니다. 얼마나 치열하게 싸웠던지 사무실에 아직 핏자국이 남은 곳도 있습니다. 시체는 이 사장 쪽 애들이 자루에 담아서 경기도 외곽으로 빼돌렸다고 들었습니다."

“강한일이 한영권을 죽일 때 고용한 사람이 있을 거야. 혹시 누군지 알아?”

“모, 모릅니다.”

“지금까지 한 말이 거짓말이면…… 평생 남이 떠주는 죽만 먹고 살게 될 거야.”

“저, 정말입니다. 제가 그놈을 왜 숨겨주겠습니까?”

강유진이 황문석의 눈을 지그시 보며 말했다.

“알았어. 나중에라도 강한일이 고용한 사람을 알게 되면…… 바로 연락해. 알고도 연락하지 않은 게 밝혀지면…… 약속할게. 죽을 너무너무 싫어하게 될 거야.”

“예? 예, 예.”

황문석이 머리를 세차게 끄덕였다.

처음 강유진이 사무실로 들어갈 때와는 너무도 달라진 모습이다.

황문석은 엘리베이터 앞까지 강유진을 배웅했다.

이윽고 강유진을 태운 엘리베이터가 내려가자 멍한 얼굴로 돌아섰다.

“저 사람 뭐야?”

김수한이 씁쓰름한 표정으로 답했다.

“말씀드렸잖습니까. 일신상사의 직원 절반을 혼자서 오 분 만에 아작낸 남자라고요. 칠성파와 광주파도 아마 작살났을 겁니다.”

“허어…… 그게 인간이야? 너도 봤지? 내 주먹이 이렇게 되도록 때렸는데, 그 사람 얼굴에 먼지 하나 안 묻어 있는 거.”

“예, 그냥 그런 사람이려니 생각하십쇼.”

“…….”

4층의 사무실을 가로질러 가던 황문석이 근처에 있던 남자를 불렀다.

“예! 형님! 아니, 사장님!”

“너 동네 비디오 가게에 가서 X파일 싹 다 빌려와.”

“멀더랑 스컬리 나오는 X파일 말입니까? 형님?”

“그래, 인마.”

“예! 다녀오겠습니다, 형님! 아니, 사장님!”

“아, 그 새끼, 정신없게 만드네. 그냥 아무거나 하나로 불러.”

황문석은 사장실로 들어가자마자 무너지듯 의자에 주저앉았다. 강이라는 남자를 만난 지 삼십 분도 안 됐는데, 삼십 년은 지난 것 같다.

그런 황문석의 곁으로 김수한이 다가갔다. 김수한의 손에는 작은 약상자가 들려 있었다.

“아~ 쪽팔려. 한영권이랑 강한일은 저런 괴물을 왜 건드렸데?”

“알면 건드렸겠습니까?”

“진짜 어이없네. 참, 너도 강한일이가 고용한 놈이 누군지 모르냐?”

"예, 강 사장은 전부터 자기가 키운 애들만 데리고 다녀서…… 무슨 일을 하고 다니는지 제대로 아는 사람이 없었습니다."

"아, 개새끼. 죽어서도 속을 썩이네. 애들한테 말해둬라. 강한일이 찾아오는 사람 있으면 무조건 나한테 데리고 오라고. 혹시 나 없을 때 오면 너라도 그놈 뒷조사 해둬, 뭐하는 놈인지. 알겠냐?"

"예."

"영 찜찜해. 일신상사를 괜히 받았나 봐. 아, 씨벌, 공짜는 조심해야 되는데……."

황문석은 감히 강이라는 남자에 대해서는 뒤를 캘 생각도 하지 못했다. 의자에서 일어날 때 얼핏 그와 눈이 마주쳤었다. 가스레인지처럼 시퍼런 불꽃이 넘실거리는 그 끔찍한 눈동자라니! 그의 눈을 떠올리기만 해도 왠지 소름이 돋았다. 다시는 만나고 싶지 않은 눈이었다.

황문석의 시선이 책상 위로 향했다. 남자가 연락하라며 던져놓고 간 명함이 보인다.

다시 만나고 싶지 않은데, 명함을 주고 갔다.

피할 수 없게 됐다는 뜻이다.

명함을 집어들었다.

하얀 종이 한가운데 파란색으로 쓴 '카론'이라는 글자가 보인다. 그 외에는 아무런 설명이 없다. 명함만 가지고는 카론이 사람 이름인지, 회사 이름인지조차 알 수가 없다. 카론이라는 이름 아래 아주 작은 크기로 전화번호가 인쇄된 게 명함의 전부였다.

"입양아야, 뭐야?"

황문석이 짜증 어린 눈으로 명함을 노려보았다.

그가 누구든 상당히 골치 아픈 일에 엮이게 된 것만은 틀림없었다.

*　　　*　　　*

마포를 떠난 강유진의 목적지는 강남이었다. 당연히 마리나 미술관이 아니라 미래투신의 양문호 사장을 찾아가는 것이다. 인화건설의 이기백 사장이 자백했으니, 남은 건 양문호 사장과 박창섭 의원의 자백이다. 살인교사에 대한 그들의 육성 고백을 직접 녹화할 생각이었다.

"사장님 식사하러 가셨는데요. 어떻게 오셨어요?"

미래투신의 여직원이 강유진의 안색을 조심스럽게 살폈다.

개인적인 친분으로 양문호 사장을 만나러 온 사람인지, 돈을 융통하기 위해 온 사람인지 알아내기 위해서다.

"양 사장님의 친구입니다. 오늘 만나기로 하고 찾아왔는데……혹시 어디서 식사를 하시는지 알 수 있습니까?"

"아, 친구 분이세요?"

여직원이 화사하게 웃었다.

양문호 사장이 오십 대니 진짜 친구는 아닐 것이다. 하지만 약속을 하고 왔다는 말과 반듯한 태도로 볼 때 돈을 빌리러 온 사람 같지는 않았다.

"음, 손님하고 같이 나가시는 것 같던데……. 차라리 식사를 하고 다시 오세요."

"아! 손님요? 그럼 좀 곤란하겠군요."

"네."

여직원이 고개를 끄덕였다.

"그럼 저도 뭘 좀 먹고 다시 와야겠군요. 그런데 양 사장님이 식사하고 난 뒤에 다시 오시는 건 분명하죠?"

"전에는 잘 나가셨었는데…… 요즘은 계속 사무실에 계시니까, 아마 돌아오실 거예요."

"양 사장님이 외근도 하세요?"

"골프를 좋아하세요."

"아!"

"거래처 분들하고 골프 모임이 좀 많았어요. 요즘은 거의 안 다니시는 것 같지만."

여직원은 강유진과의 대화를 이어가고 싶었던지 묻지 않은 말까지 했다.

덕분에 강유진은 조금 느긋해질 수 있었다. 양문호 사장이 다시 사무실로 돌아올 거라는 확신을 받았기 때문이다.

잠시 후 강유진은 여직원과의 대화를 마무리하고 빌딩을 나왔다.

도로 맞은편에 24시간 편의점이 보였다.

혹시나 하고 주변을 둘러보았지만 음식점은 눈에 띄지 않았다. 제대로 된 식사를 하려면 발품을 좀 팔아야 할 것 같다는 생각이 든다. 하지만 양문호 사장이 어디로 튈지 모르는 판국이라 미래투신의 근처에 있고 싶었다.

결국 강유진은 24시간 편의점으로 가는 수밖에 없었다.

편의점에서 커피와 김밥으로 한 끼를 때웠다.

당연히 시간이 남아돈다.

자신과 달리 양문호 사장은 제대로 된 식당에서 느긋하게 식사를 하고 올 것이었다. 맞은 놈이 웅크리고, 때린 놈이 발 뻗고 자는 형국이다.

강유진은 창가에 앉아 시간을 때우기로 했다.

그리고 정확히 1시가 되자 편의점을 나섰다.

자신이 먼저 가서 양문호 사장을 기다려야 한다. 젊은 남자가 찾아왔었다는 소리를 전해 들으면 잠적해 버릴지도 모르기 때문이다.

다행히 미래투신의 입구 쪽에는 기다란 소파가 하나 놓여 있었다. 대출문제로 찾아오는 뜨내기손님들을 위한 것이다.

강유진은 소파 한쪽 끝에 앉아 비치되어 있는 스포츠 신문을 펼쳤다. 그리고 건성으로 읽기 시작했다. 눈에 띄는 큰 제목만 대충

훑어보는 식이다.

그렇게 스포츠 신문을 마지막까지 넘겼을 무렵, 양문호 사장이 유리문을 열고 들어왔다.

강유진이 자연스럽게 자리에서 일어섰다.

안쪽으로 들어가던 양문호 사장과 강유진의 시선이 허공에서 얽혔다.

양문호 사장은 놀란 듯 멈칫거렸지만, 이내 담담한 표정으로 돌아갔다.

그런 양문호 사장의 태도에 강유진이 인상을 찡그렸다. 양문호의 태도가 마음에 들지 않았다. 차라리 달아나려고 했다면 신경이 덜 쓰였을 것이다. 그런데 저런 담담함이라니? 자신이 무슨 일로 찾아왔는지 알고 있는 사람이?

"오신 걸 알았으면 더 빨리 왔을 텐데…… 안으로 잠깐 들어가시겠습니까?"

양문호 사장의 정중한 요청에 강유진이 고개를 끄덕였다. 미래투신을 뒤집어엎으려고 온 게 아닌 이상 불필요한 소란은 피하는 게 좋았다.

양문호가 안내한 곳은 VVIP 고객들을 위해 마련된 작은 회의실이었다.

양문호는 -차 심부름을 위해 들어온- 여직원들을 모두 내보내고 자신이 손수 커피를 대접했다.

"하아! 입이 열 개라도 드릴 말씀이 없습니다. 모두 저의 잘못입니다."

양문호의 표정은 해탈을 앞에 둔 고승(高僧)과도 같았다.

강유진이 휴대폰을 테이블 위에 세우며 말했다.

"열 개까지는 필요 없고, 당신의 입 하나만 있으면 됩니다."

"예. 제가 어떻게 하면 되겠습니까?"

"당신과 이기백 사장, 박창섭 의원이 저지른 짓을 털어놓으세요."

"제가 말씀드릴 수 있는 것은 오직 저에 대한 부분뿐입니다. 다른 사람들의 생각을 제가 모두 알 수는 없으니까요."

"그 말은 당신들의 살인교사 공모를 부인하는 건가?"

분노한 강유진의 음성에 날이 섰다.

"……제가 강한일의 제의를 받아들인 건 사실입니다. 하지만 그걸 위해서 세 사람이 모여서 뭔가를 계획한 적은 없습니다."

"교묘하군. 교묘해."

양문호는 기이한 방식으로 죄를 자백하고 있었다. 결과적으로 살인교사는 했지만, 셋이 모여서 상의한 적은 없다고 한다.

"그렇게까지 박창섭 의원을 보호하고 싶은 건가?"

이기백 사장에 이어 양문호까지 살인교사를 자백했다. 그런데 모두 고해성사라도 하듯 자신의 죄에 대해서만 털어놓았다. 함께 범행을 모의한 박창섭 의원에 대해서는 침묵했다. 그를 두려워하거나, 최후의 보루로 믿고 있다는 뜻이다.

강유진이 혼잣말을 하듯 중얼거렸다.

"두려움인가? 아니면 구해줄 거라는 믿음인가?"

어느 쪽이든 자신에게는 번거롭기만 한 상황이다. 결국 접근하기 까다로운 박창섭 의원의 진술도 받아내야 하기 때문이다. 어차피 박창섭 의원도 만날 사람이었지만, 진술에 이르러서는 확신할 수 없게 됐다. 그게 아니라면 다른 공모자들이 이렇게까지 보호하려고 애쓸 이유가 없기 때문이다.

강유진은 휴대전화를 주머니 속으로 집어넣었다. 양문호 사장에게 더 얻어낼 게 없다는 것을 인정한 것이다.

양문호 사장이 안도의 한숨을 내쉬었다.

이기백 사장이나 자신에게 박창섭 의원은 방파제와도 같은 존재다. 사내가 아무리 광폭하게 몰아쳐 와도 박창섭 의원이 있는 한 파도에 직격당해 몸이 부서질 일은 없다. 그가 세 사람의 살인교사를 증명하려면 반드시 박창섭 의원과 맞부닥쳐야 한다.

'물론 죽겠지…….'

박창섭 의원이 진흙탕에 발을 담그겠다고 한 이상, 사내의 운명은 정해진 것이나 다름없다. 자민당의 대표에게는 그럴 만한 힘이 있었다.

잠시 생각에 잠긴 양문호 사장의 귀로 부드러운 음성이 들려왔다.

"당신이 보기에 나는 법을 잘 지키는 시민 같습니까?"

"네? 무슨 말씀이신지?"

"당신들을 경찰에 신고하는 것으로 할 일을 다했다고 생각할 사람 같으냐는 말입니다."

"……."

뜬금없는 질문에 양문호 사장이 머뭇거리고 있을 때다.

"내가 증거를 수집하고 다니니까 나를 아주 모범시민으로 생각하는 것 같은데……. 당신들은 나를 죽이려고 전문 킬러까지 고용했어. 그런데 내가 한가하게 증거나 수집하러 다니는 것으로 끝낼 거라고 생각했나? 내가 그 정도로 순진하게 보였다니까 기분은 좋군."

"그, 그럼?"

"평균적으로 한국에서만 매일 80여 건의 흉악범죄(Heinousness)가 발생하지. 보이지 않는 곳에서 매일 80명이 죽어 나가는 셈이야. 참 많이도 사라지지? 그래도 사람들은 인식하지 못해. 악당 세 사람이 사라져도 세상은 아무 일 없었다는 듯 잘 돌아갈 거야. 난 그렇게 생각해."

"그, 그 말씀은…… 설마……."

양문호 사장의 얼굴이 하얗게 질려갔다.

"푸훗! 너무 놀라는군. 난 어떻게 하겠다는 생각이 아, 직, 은, 없어. 당신이 착각 속에 사는 것 같아서 겁 좀 줘본 거야. 우리의 일에 칼자루를 쥔 사람은 박창섭 의원이 아니라…… 바로 나라고.

그걸 하루 24시간 머릿속에 담고 살아가야 할 거야. 그리고 매일 밤 잠들기 전에 기도해. 내가 법에 호소하기만을…….”

“…….”

양문호 사장이 멍한 눈으로 상대를 바라보았다.

확실히 그 점은 미처 생각하지 못한 부분이다. 사내가 박 의원과 자신이 만든 게임의 룰을 따라오지 않는다면? 그 피해는 고스란히 자신들의 몫이다. 폭력을 아무렇지도 않게 행사하는 사내가 과연 자신과 박 의원이 이끄는 대로 따라와 줄까?

“나 같으면 성당이든, 절이든, 교회든, 선녀보살이든 다 찾아다닐 거야. 혹시 알아? 내가 마음이 변해서 바보처럼 신고만 할지…….”

양문호 사장의 얼굴이 일그러졌다.

분명히 ‘바보처럼’ 이라고 했다. 스스로 법에 기대지 않는다는 것을 말한 것이다.

강유진은 몇 번이나 변해가는 양문호 사장의 얼굴을 빤히 쳐다보았다.

“그래, 이제야 죄를 자각한 사람의 표정이 나오네. 마음에 들어. 똥 싼 놈이 담담한 척하는 건 진짜 꼴불견이거든.”

“제, 제발…….”

“훗, 지옥의 문턱까지 그런 심정으로 살다가 가.”

강유진이 일어나 뒤도 돌아보지 않고 떠나갔다.

다리가 풀려버린 양문호 사장은 자리에서 일어나지도 못했다.

*　　*　　*

강유진이 마지막으로 향한 곳은 마포였다. 박창섭 의원의 집으로 간 것이다. 박창섭 의원을 만나기 위해 간 것은 아니다. 그냥 순례를 돌듯 마지막 목적지로 박창섭 의원의 집을 선택한 것이다. 살인과 살인교사의 시작이자 마지막 종착점이 될 그곳을 말이다.

추운 날씨에도 불구하고 전경들이 집 앞에 진을 치고 있었다. 박창섭 의원이 자신을 경계하기 시작한 것일까? 얼핏 봐도 전보다 더 엄중한 경호를 받는 것 같았다. 작년 겨울과 비교하면 전경의 수가 거의 두 배에 달했다.

초현대식으로 높이 솟은 건축물을 보고 있자니 기분이 묘하다. 저 안에서 박은혁은 보호받고 있는 것이다.

그러고 보니 국가가 살인강도과 살인교사범을 보호하고 있는 형국이다.

"훗, 기분이 묘하군."

박창섭 의원의 저택을 멀리서 바라보던 강유진은 곧 발걸음을 돌렸다.

전경들에게 얼굴을 알리고 싶지 않아서다.

"그러니까 박창섭 의원, 나하고 데스 매치(Death Match)를 하자는 거야?"

안전한 법보다 피와 살이 튀는 전장을 선택하고 싶다는데, 마다할 이유가 없다. 평소 시대의식을 따라오지 못하고 있는 한국의 판사들에게 절망하고 있었다. 그야말로 불감청(不敢請)이언정 고소원(固所願)이란 말에 딱 맞는 상황이 아닌가!

"후후, 바라던 바이나 차마 청하지 못했던 그 게임…… 온몸으로 받아주지."

박은혁 일당이 저지른 살인을 덮기 위해 박경철 경장과 한영권이 희생됐다. 얼마나 더 죽어야 진실이 빛을 보게 될까?

강유진은 강한일과 그의 부하들이 같은 이유로 살해당한 것은 아직 모르고 있었다. 물론 그걸 알았다고 해서 크게 달라질 것은 없지만 말이다. 그렇게 강유진과 박창섭 의원의 악연은 양지에서 음지로 무대를 옮겨가고 있었다.

* * *

강유진은 거의 보름 만에 원룸텔로 돌아갔다.

날수로는 십오 일이지만 -그동안 해가 바뀐 탓인지- 체감 상으로는 그보다 더 오래된 느낌이다.

첫 번째 방을 지나는데 문이 벌컥 열리며 낯익은 얼굴이 고개를 내밀었다. 원룸텔의 운영을 맡고 있는 총무였다.

"어이쿠! 강유진 씨? 그동안 무슨 일 있었어요? 형사들도 왔다가 가고 아주 난리던데."

"아, 장사하는데 깡패들이 와서 행패를 부려서…… 좀 시끄러웠어요."

"그럼 집에라도 가 있었던 거예요?"

"병원에 좀 다녔어요."

"아! 그랬구나. 어쩐지…… 몸은 괜찮아요?"

"네. 덕분에 몸조리 잘했죠 뭐."

"쯧! 그놈의 깡패 새끼들…… 하여간 그런 것들을 생각하면 삼청교육대를 부활시켜야 한다니까요. 전두환이가 그거 하나는 잘한 거 같어."

"하하……."

"참, 이번 달 방세는……."

총무가 말끝을 흐렸다.

쪽창으로 강유진이 지나가는 것을 보자마자 튀어나온 것은 바로 그 이야기를 하기 위해서였다. 매월 초에 걷는 방세를 강유진에게만 아직 받지 못한 까닭이다.

"돈을 안 찾아왔는데, 내일 아침에 드릴게요."

"그래요. 그럼 내일 봐요."

"네."

강유진은 간단하게 목례를 해 보이고 방으로 향했다.

방문에 노란 포스트잇이 하나 붙어 있다. 김민정이 자주 사용하는 그 포스트잇이다. 아니나 다를까? 김민정의 귀엽고 동글동글한 글씨다.

오빠, 오시면 전화 꼭 주세요!!!

피식 웃으며 방문을 열고 안으로 들어갔다. 방 안에도 메모지가 보였다. 누군가 문틈으로 밀어넣은 것 같았다.

메모지도 김민정이 넣은 것이었다.

무슨 일이 있느냐, 말도 없이 방을 뺀 거냐, 등등 연락 없이 사라져 버린 것에 대한 걱정과 원망이 가득한 글이다. 글의 맨 아래에 꾹꾹 눌러서 쓴 전화번호가 보였다. 오빠 동생 하면서도 전화번호는 피차 묻지 않았는데, 어지간히 답답했던 모양이다.

"하하하!"

강유진이 입에서 유쾌한 웃음이 터져 나왔다. 기다려 주는 사람이 없을 거라고 생각했는데, 그래도 한 사람쯤 있었다니 고마웠다.

시간을 보니 지금쯤 학원을 마치고 친구들과 노닥거리거나 원룸텔로 돌아올 시간이었다.

강유진은 김민정에게 '걱정해 줘서 고맙다. 원룸텔에 왔다. 나중에 밥 사줄게~' 라는 문자를 보냈다.

발송 버튼을 누르고 십 초쯤 지났을까? 답문자가 왔다.

[오빠 ㅠㅠ 아픈 데 없죠? 이따가 같이 저녁 먹어요!]

강유진은 '알았다' 고 답을 보낸 후 컴퓨터를 켰다.

그리고 오랜만에 아케론닷컴으로 접속했다.

임지연에게 전화로 그간의 일을 설명한 보람이 있었는지, 아케론닷컴은 이미 재단장을 끝낸 상태였다.

전처럼 영화를 보는 듯한 초기 화면은 없어졌다. 그 대신 검은 바탕의 화면 한가운데 파란 형광색으로 아케론닷컴이라는 글자가 배치되어 있었다.

글자를 누르니 화면이 빨려들듯 마우스 커서로 몰려들었다.

그리고 작고 단출한 게시판 세 개가 나타났다.

자유게시판, 고민상담, 토렌토 자료실.

세 개의 게시판 주위로 온갖 상업적인 배너가 다닥다닥 붙어 반짝거렸다. 누가 봐도 배너 광고에 목숨을 건 사람의 홈페이지다.

하지만 강유진은 만족한 듯 고개를 끄덕였다.

대한민국 최고의 재원이라는 임지연은 아케론닷컴을 제대로 리뉴얼했다.

'자유게시판' 에는 벌써 스팸프로그램으로 뿌려진 듯한 도박과 성인 사이트의 광고들로 도배가 되어 있었다. 이중에 국정원의 암호소스가 담긴 것도 있을 것이다. 하지만 그게 무엇인지는 정말 당사자가 아니면 알 수 없으리라.

'어느 미친 스파이가 이런 걸 클릭하고 다닐까?'

아마 없을 것이다.

'토렌토 자료실'은 벌써 저작권에 걸리는 불법파일들로 가득했다. 야동은 기본이고, 영화와 소설, 만화는 물론, mp3파일까지 빠진 게 없다. 방문자수 증가를 위한 이런 불법적인 배려야말로 국정원에서 원하던 것이었다.

마지막으로 '고민상담' 게시판을 클릭했다.

그런데 이런 막장 홈페이지 게시판에 인생의 고민을 토로하는 사람이 있을까?

아마 없을 것이다. 아니, 없어야 한다. 그런 사람이 있다면, 오히려 변태가 아닌지 의심해 봐야 한다.

그런데 벌써 글이 보였다.

그것도 아주 많았다.

회원이 몇 명 안 되는데 고민상담은 한 페이지가 꽉 찼다.

호기심에 클릭해서 보니 모두 시답지 않은 내용들이다.

어리거나 늙은 연인이 바람을 피는 것 같다거나, 상사 때문에 회사를 그만두고 싶다거나, 피부 트러블이 어쩌고저쩌고…….

사실인지 아닌지도 의문스러운 이야기들이 지겹게 꼬리를 물고 이어졌다.

문득 '국정원에서 아무 글이나 채워 넣은 것 같다'는 생각이 들었다.

자유게시판에 스팸도 뿌려 놨는데, 고민상담이라고 그러지 말란 법이 없지 않은가?

"하아!"

저도 모르게 한숨이 흘러나왔다.

고민상담 게시판은 구(舊) 아케론닷컴의 의뢰 게시판(임파서블 미션)과 같은 역할을 맡고 있었다. 그런데 이제는 그것이 진짜 고민인지 아닌지부터 의심해야 하는 상황에 놓이게 된 것이다.

"뭐 시간이 지나면 알게 되겠지……."

강유진은 편하게 마음먹기로 했다.

도움을 간절히 바라는 사람이 있다면, 자신에게 전해질 것이라고 말이다.

"후후……."

메뉴를 이리저리 클릭해 보던 강유진이 푸들푸들 웃음을 흘렸다.

회원가입의 내용이나 형식은 이전 그대로다.

그런데 웃기게도 이 막장 홈페이지에는 포인트 제도까지 들어 있었다. 로그인을 할 때마다 포인트가 쌓이는 시스템이다.

친절하게 '포인트는 토렌토 파일을 다운받는 데 사용될 예정'이라는 설명까지 곁들여 있다.

'임지연이 원래 이렇게 서민적인 사람이었나?' 하는 생각이 들 정도로 철저하게 변신을 마친 아케론닷컴이었다.

강유진은 컴퓨터를 끄고 가만히 눈을 감았다.

서울에 올라와서 지금까지 벌인 일들이 새록새록 떠올랐다.

자신의 인생에 국정원이 개입하면서 조금 복잡해진 면도 없지 않지만, 전체적으로는 오히려 좋은 방향으로 나아가고 있었다.

아케론닷컴만 해도 그렇다.

전에는 아케론닷컴에 찾아와 달라고 미친놈처럼 뛰어다니며 광고를 했다.

하지만 이제는 떡밥을 풀어놓고 알아서 모여들기를 기다리고 있다.

국정원의 필요로 개편한 것이지만, 또 다르게 생각하면 더 많은 방문자를 통해 더 다양한 사연을 보게 될 것 같다는 생각이 든다. 국정원에게는 아케론닷컴이 정보의 중개소 역할을 하는 곳이겠지만, 자신에게는 여전히 아케론닷컴이었다.

제8화

여자를 몰라

원룸텔로 돌아온 그날, 강유진은 원룸텔을 나가기로 결심했다. 개인적인 필요에 의해서가 아니라 직무에 충실하기 위해서다. 원룸텔은 보안이 허술해서 KEF의 요원이 된 자신에게 적합하지 않았다.

그리고 저녁 식사 후에 가장 먼저 김민정에게 작별 인사를 했다. 김민정이 없을 때 떠날 수도 있으니 미리 인사를 한 것이다.

김민정은 잘됐다고 손뼉을 치며 축하한다고 했다.

물론 속으로는 제법 섭섭했지만, 원룸텔에서 나간다는 것은 곧 성공을 의미하는 것이니 축하하지 않을 수 없었던 것이다.

"공무원 시험 잘 준비하고."

"네."

"무슨 일 있으면 나한테 꼭 연락해. 알았지?"

"네, 그럴게요. 그런데 오빠, 여기 나갔다고 나 모른 척하면 안 돼요! 알았죠?"

"누구세요?"

"어머! 벌써부터 그러냐!"

"푸하핫!"

크게 웃던 강유진은 곧 웃음을 삼켰다.

김민정의 눈가가 젖어 있는 걸 뒤늦게 발견한 것이다.

"첫! 눈에 뭐 들어간 거예요."

김민정이 옷깃으로 눈물을 찍어냈다.

섭섭한 걸 꾹 참고 있었는데, 강유진이 밖에서 모른 척할 거라는 농담을 하자 갑자기 서러웠던 것이다.

"민정아~ 농담한 거야. 미안해, 용서해 주라. 그 대신 오빠가 너 시집갈 때 혼수 다 장만해 줄게. 아무 때나 남자만 데려와라. 알았지?"

"약속한 거예요!"

"그래, 약속했다."

"흥! 나중에 모른 척하기만 해봐. 아주……."

"아주 뭐?"

"음, 오빠 결혼식장에 찾아가서 깽판 칠 거야!"

"헐, 좀 봐주라. 진짜 사줄게."

"하는 거 봐서."

"그래, 내 전화번호 저장돼 있지?"

"응."

강유진이 애잔한 눈길로 김민정을 바라보았다.

어린 딸자식을 홀로 남겨두고 떠나는 기분이다. 인간에 대한 회의로 낙심해 있던 자신에게 김민정이 베푼 도움의 손길은 종교만큼이나 크고 위대한 것이었다.

"이거 가지고 있어라."

강유진이 김민정에게 명함을 내밀었다.

하얀 바탕에 파란 형광색으로 카론이라는 이름이 적힌 작은 명함이다.

훗날 친구들에게는 '현대판 램프의 요정'이지만 적에게는 '사망의 낙인'이라 불리는, 소지한 것만으로도 국회의원의 350가지 특권보다 더 나은 대접을 받게 된다는 바로 그 명함이다. 물론 아직은 그냥 반짝이는 종이에 불과하지만 말이다.

김민정이 명함을 이리저리 둘러보며 물었다.

"오빠, 카론이 뭐야? 카페 이름이야?"

"아니, 내 영어식 이름."

"와아! 그 나이에 웬 영어 명함? 요즘 초등학교 애들이 이런 거 만들어서 친구들에게 뿌리고 다닌다던데. 오빠 진짜 깬다! 호호호!"

김민정은 방금 전까지의 우울함을 잊고 신나게 웃었다.

36살이나 되는 남자가 애들처럼 이런 명함을 준다는 게 너무 의외였던 것이다.

"뭐야, 부러우면 너도 하나 파."

강유진의 말에 김민정이 또 꺄르르 넘어갔다.

다음 날 강유진은 견인차 보관소에 있던 스낵카를 찾아왔다. 그리고 직거래 장터를 이용해 처분했다. 차를 판 돈은 마리나 미술관의 이운학 관장에게 돌려줬다. 총무로 와달라는 이운학 관장의 요청에 대해서는 새 직장을 얻었다며 정중하게 사양했다.

그즈음 강유진은 국정원장의 요청으로 임지연을 정식으로 소개해 주었다.

역사적인 그 자리에서 국정원장은 임지연을 KEF의 기술자문으로 위촉(委囑)했다.

임지연은 평소 공무원과 얽히는 것을 극도로 꺼려하는 것 같더니, '강 선생의 그림자가 되어주십시오' 라는 말 한마디에 속절없이 무너져 내렸다. 사실 강유진의 활동을 지원하는 그림자 역할은 임지연에게 있어 궁극의 로망이기도 했다. 나서지 말라고 해도 몰래 끼어들 판이거늘, 돗자리까지 깔아준다는데 마다할 임지연이 아니었다.

*　*　*

강유진은 임지연과의 상의 끝에 논현동의 오피스텔로 거주지를 옮겼다. 짐이 거의 없는 관계로 이사는 간단했다.

강유진이 감개무량한 표정으로 오피스텔의 내부를 둘러보았다.

사 년 전 전처와 딸을 미국으로 보내고 혼자 기거하기 위해 얻었던 오피스텔은 전세였다. 하지만 지금 이 오피스텔은 매매다. 1억 4천만 원짜리 오피스텔을 1억의 융자를 안고 사버린 것이다. 부족한 4천만 원은 임지연이 보탰다.

처음에는 극구 사양했지만, 결국 임지연의 도움을 받아들였다. KEF에서의 생활에 원룸텔은 맞지 않았던 것이다.

그런 과정을 거쳐 1억 4천만 원짜리 복층 오피스텔의 주인이 되었다.

은행권에 갚아 나가야 할 융자금 1억이 있었지만, 그다지 신경 쓰이지 않았다. 원래 낙천적인 성격이었는데 엘의 권능을 받으면서 대범해지기까지 한 까닭이다.

"좋구나!"

강유진이 거실에 있는 소파로 몸을 던졌다.

딱딱한 싸구려 소파였지만 어느 때보다 아늑하게 느껴졌다.

오랜만에 긴장이 풀어져서였을까?

소파에 길게 누워 있던 강유진은 까무룩 잠이 들고 말았다.

띵동. 띵동.

강유진은 전형적인 벨소리에 눈을 비비며 일어섰다.

머리가 부스스하게 일어선 느낌이다.

거울 앞에서 머리를 매만지는데 다시 벨소리가 들려왔다.

"네, 누구세요?"

자신을 찾아올 사람이 없다는 걸 알기에 신문이나 우유 배달원인 줄 알았다.

하지만 뜻밖에도 문밖에 서 있는 사람은 손님이었다.

"저예요."

…….

강유진은 심장이 덜커덩 내려앉는 느낌이었다.

임지연이다.

그제야 임지연도 오피스텔의 위치를 알고 있다는 데 생각이 미쳤다.

분명히 집들이라고 찾아왔을 것이다.

강유진은 허둥대며 옷매무새를 바로잡았다.

그래도 한쪽 머리카락이 솟아오르는 것은 어떻게 할 수가 없었다.

철컥.

자물쇠를 풀고 문을 열자, 아니나 다를까!

두툼한 겨울 코트로 몸을 감싼 임지연이 상기된 얼굴로 서 있다.

"아아, 춥네요. 들어가도 되죠?"

"되긴 되는데. 오늘 이사를 해서…… 아직 정리가……."

강유진이 슬쩍 비켜섰다.

"가방 하나라면서 정리할 게 뭐가 있어요?"

임지연이 스치듯 지나가자 상쾌한 향기가 밀려왔다. 봄에나 맡을 수 있는 들꽃의 기분 좋은 내음이다.

임지연의 뒤를 따라가던 강유진은 그 향기를 폐부 깊숙이 들이마셨다.

"자요, 이건 집들이 선물이에요."

소파 앞 탁자 위에 와인 두 병이 나란히 서 있었다.

"병따개도 없죠?"

"네."

"그럴 줄 알았어요."

임지연의 주머니에서 와인병따개가 나왔다.

뒤늦게 집주인이라는 자각이 생긴 강유진이 목에 힘을 주었다.

"험, 임지연 님, 식사는 했어요?"

"이제 4시인데 벌써 저녁을 드시려고요?"

"에? 4시예요?"

강유진이 급히 시계를 바라보았다. 그녀의 말대로 정말 4시다. 점심때가 된 줄 알았는데 제법 오래 잤던 모양이다.

"후후, 낮잠을 잤나 봐요?"

임지연이 강유진의 눌리고 솟은 머리를 가리켜 보였다.

"아뇨, 명상을 좀 깊게 했더니……."

"아, 명상을 격하게 하셨구나."

"점심 언제 드셨어요?"

강유진이 붕 뜬 머리를 손으로 누르며 급히 화제를 돌렸다.

"12시 30분쯤?"

"그럼 안주 좀 시키고 와인이라도 마실까요?"

"어머! 집 안에서 숙녀와 단둘이 술을 마시겠다고요?"

"이스라엘에서 와인은 음료수와 다름없다고 들었는데요 뭐…… 상처 치료에도 쓰이고……."

"후후, 눈썰미가 좋으시네요. 야르덴 까베르네 소비뇽(Yarden Cabernet Sauvignon)인 걸 어떻게 아시고."

"요르단(Yarden)이라고 쓴 줄 알고 대충 찍었을 뿐입니다. 정말 이스라엘산 와인이었나 보군요?"

"네, 빈손으로 오기도 뭐해서 샀어요. 야르덴은 일조량이 많고 온난한 지역의 와인이에요. 그래서 맛도 부드러우면서 달지 않고, 향긋하기까지 하답니다. 와인 잘 안 드시죠?"

강유진은 대답 대신 와인병을 들어 이리저리 살폈다.

"와아! 2005년산이네요? 비싸겠다!"

"십만 원쯤?"

강유진이 단호하게 말했다.

"제가 와인을 안 마시는 이유 중에 하나죠."

"마트에 2천 원짜리 와인도 많거든요."

"그런 건 감식초급 아닌가요?"

"아니거든요. 와인에 대한 선입견이 있으신 것 같은데 맥주는 마시나요?"

"가끔 먹죠."

"런던에서 500파운드짜리 맥주를 마신 적이 있어요."

"헉! 500파운드요?"

"네, 요즘 환율로는 97만 원쯤 되겠네요."

"휴우!"

강유진이 고개를 설레설레 저었다. 재벌가의 일원다운 씀씀이라는 생각이 든다.

"어머, 이상한 눈빛을 보니까 머릿속으로 소설 한 편 쓰고 계신가 보다. 맥주든 와인이든 비싼 건 비싸고 싼 건 싸다는 뜻으로 드린 말씀이에요."

"그렇군요. 와인에 대한 선입견을 버리도록 하겠습니다."

"좋은 마음가짐이에요. 그런 의미에서 와인 시식을 할까요?"

결국 강유진은 근처의 중국집에서 탕수육과 팔보채, 양장피를 시켰다. 배달원은 덤으로 군만두를 챙겨서 왔다.

탁자에 늘어놓고 보니 두 사람의 안주라고 하기에는 지나치게 많아 보인다.

"배고프셨나 봐요."

"그러게 말입니다. 꼭 배고플 때 뭘 사거나 시키면 조절을 못 하더라고요."

"머, 그래도 부족한 거보다는 낫겠죠? 잘 먹을게요."

"별말씀을요. 도와주셔서 감사합니다."

강유진이 고개를 꾸벅 숙여 보였다.

임지연의 도움이 아니었으면 오피스텔로 나오는 건 꿈도 꾸지 못했을 것이다.

"후후, 강유진 씨는 좀 특이한 분 같아요."

"뭐가요?"

"그냥요."

임지연은 말을 얼버무렸다. 큰아버지를 통해 강유진이 수억의 돈을 마다한 걸 알고 있었다. 심지어 회사에서 내준 법인카드도 쓰지 않았다고 했다. 현대 사회에서 그 정도면 거의 병적이라고 해도 될 정도의 청렴함이다.

그래서 4천만 원을 빌려주겠다고 할 때 거부당할 걸 각오했었다. 그런데 몇 번 사양하는가 싶더니 순순히 돈을 빌렸다. 과거 강유진의 행적을 보면 '새사람으로 거듭났다'고 해도 믿어질 정도의 파격이다. 그가 가지고 있는 기준은 대체 뭘까?

강유진은 영화에서 본 대로 와인을 입안에서 굴린 뒤 꼭꼭 씹어 삼켰다.

"음, 맛있네요."

근본을 알 수 없는 소믈리에(Sommelier) 흉내 내기다.

피식 웃던 임지연이 입술에 묻은 와인을 핥으며 중얼거렸다.

"그죠? 그 와인의 이름은 요단이라고 할 수도 있어요. 영원한 안식의 강이죠."

강유진은 와인을 반찬삼아 먹었고, 임지연은 음료삼아 마셨다.

그러다 보니 임지연은 가랑비에 속옷 젖듯 조금씩 취해갔다.

결국 한 병을 다 비웠을 무렵부터는 임지연 혼자 떠들고 있었다.

"이스라엘에는요, '와인을 마시고 있는 시간에 당신의 마음은 쉬고 있다.' 는 속담이 있어요. 정말 그렇게 마음이 편안했으면 좋겠어요……."

"마음이 무거워요?"

허겁지겁 음식을 먹던 강유진이 오랜만에 추임새를 넣었다.

돌연 임지연의 입에서 장탄식이 흘러나왔다.

"하아! 강유진 씨, 아니 카론 님, 당신은 여자를 너무 몰라요."

탕수육과 팔보채에 몰입하고 있는 남자 옆에서, 혼자 와인을 홀짝거려야 하는 여자의 마음이 가벼울 리가 없지 않은가?

하지만 임지연의 그 말은 강유진에게 화살처럼 박혔다

전처도 여자요, 딸도 여자다.

그리고 그녀들이 무슨 생각으로 자신을 떠났는지는 지금도 궁금했다.

순간 취기가 밀려오는지 얼굴이 화끈거리며 심장이 두근거렸다.

안부를 묻듯 아무렇지도 않게 그 이유를 물어볼 날이 올까?

'인간으로서의 정을 털어버려야 가능할 일이지…….'

문득 입안에 가득한 음식들이 모래를 토해내는 조개처럼 느껴졌다.

억지로 삼켰다. 역시나 목이 멘다.

강유진은 묵묵히 새 와인의 코르크 마개에 스크류를 꽂았다.

손에 힘이 너무 들어갔던지 스크류가 한쪽으로 쏠렸다.

그 바람에 코르크 마개를 뽑는 게 쉽지 않았다.

강유진은 숨을 헐떡거리며 코르크 마개에 매달렸다. 그리고 한참 동안 힘을 쓴 끝에 너덜너덜해진 코르크 마개를 뽑아낼 수 있었다. 코르크 마개를 탁자 위에 내려놓자, 답답하던 가슴도 조금 뚫렸다.

"내 와이프는 캐나다 남자와 동거를 하기 위해서…… 이혼을 요구했습니다. 하나뿐인 딸도 나보다 그 남자를 더 좋아한다고 했어요. 기러기 아빠가 된 지 이 년 만의 일이었죠. 그런데 지금도 그녀들이 왜 그렇게 떠났는지 이해하지 못하겠어요. 그러니까 여자를 모른다는 말, 맞아요."

"……."

당황한 임지연은 아무 말도 하지 못했다.

자신의 가벼운 투정이 강유진의 상처를 건드렸다는 것을 뒤늦게 깨달은 것이다.

"미안해요. 그냥 가벼운 농담인데……. 몰랐어요."

물론 강유진의 씁쓸한 가정사는 알고 있었다. 하지만 그가 아직도 자신을 버린 가족들로 인해 고통받고 있는지는 몰랐다.

"임지연 씨는 나중에 누군가와 결별할 때…… 헤어져야 하는 이유를 상대가 납득할 수 있게 설명해 주세요. 임지연 씨는 머리가 좋으니까…… 상대를 잘 이해시켜 줄 수 있을 거라고 생각합니다."

"……저는 그럴 일 없어요."

임지연이 들릴락 말락 한 소리로 중얼거렸다. 그림자가 되기로 했으니까. 그림자는 본체로부터 떨어지려야 떨어질 수가 없지 않은가?

강유진이 다시 깨작깨작 음식을 먹기 시작했다.

그제야 용기를 얻은 임지연이 강의를 하듯 또박또박 말했다.

"사람들 속에서 산다는 건 운전을 하는 것과 같다고 생각해요. 내가 차선을 잘 지키며 안전 운전해도…… 누군가 옆이나 뒤에서 부딪쳐 올 수도 있고, 또 갑자기 중앙선을 넘어와 내 차를 박을 수도 있어요. 그러면 누구라도 두 눈 뜨고 당하는 수밖에 없죠."

"……."

"그런 건 상대의 잘못이지 내 잘못이 아니에요. 나는 그렇게 생각해요."

"……."

강유진의 얼굴에 쓸쓸한 미소가 떠올랐다.

"교통사고라……. 그거 말 되네요."

"그렇죠? 주변에 좋은 사람이 많아야 사고가 날 확률이 줄어드는 거라고요. 물론 좋은 차도 타고 다녀야 하고……."

"거기서 좋은 차는 갑자기 왜 나와요?"

강유진의 물음에 임지연이 얼굴을 붉혔다. 자동차에 대한 집착이 남다른 그녀인지라 저도 모르게 말이 새고 만 것이다.

"말이 그렇다는 거죠. 참, 홈페이지는 마음에 드세요?"

"네, 아주 좋던데요. 따로 광고하지 않아도 전보다 사람들이 더 많이 올 것 같아요."

"그래도 우리 생각하고는 많이 달라졌어요. 그쵸?"

임지연은 무심코 '우리'라고 하고는 강유진의 안색을 살짝 살폈다.

다행히 강유진은 그 말을 흘려들은 모양이다.

"살아 있는 건 다 변한다고 하잖아요. 아케론닷컴도 조금씩 변해가는 게 당연하다고 생각합니다."

"친구 분 이야기를 좀 들려주세요."

"누구요?"

"카론이라는 분요."

"아, 재미있는 사람이었어요."

엄밀히 말하자면 사람이 아니지만, 그런 구분은 별 의미가 없다.

곧이어 강유진의 입에서 그동안 속 시원히 말하지 못했던 초고대문명사가 조용히 흘러나왔다. 자신이 싱크홀에서 오파츠를 얻어 이능력자가 되었다는 것을 알고 있는 임지연인지라 각색하지 않은 사실을 말할 수 있다는 점에서 마음이 편했다.

한참 카론의 이야기를 듣고 있던 임지연이 화들짝 놀라 소리쳤다.

"어머, 샤이니요? 제 아이디와 같네요!"

"네, 그래서 저도 좀 놀랐습니다. 보통 인연은 아니죠?"

"호호! 그 정도면 인연이 아니라 운명이라고요!"

임지연이 어깨를 으쓱해 보였다.

"아, 네."

강유진도 굳이 부인하지 않았다.

오히려 임지연이 운명이라는 말을 할 때는 괜히 가슴이 뿌듯하기까지 했다.

"참! 그 3인조 살인범들은 어떻게 된 거예요? 경찰에게 자료를 보내줬는데…… 모두 조용하네요? 제가 모르는 일이 있나요?"

"그건……."

강유진은 그동안 있었던 일들을 간략하게 설명해 주었다.

"세상에! 조폭과 그런 거래를 하다니……. 이기백 사장과 양문호 사장은 그렇다고 처도, 박창섭 의원은 자민당 대표잖아요. 자식을 잘못 키운 것은 용서받을 수 있지만, 청부살인은 치명적인데……. 그럼, 저격범도 일신상사에서 고용한 사람이겠네요?"

"그럴 겁니다. 저랑 비슷한 시기에 한영권도 어디론가 사라졌더라고요. 강한일이 그 뒤를 이어 두목이 됐는데…… 며칠 전에는 그 사람도 제거됐어요."

"강한일은 보나마나 박 의원이 손을 썼을 거예요."

"박 의원이 왜요?"

"유진 씨의 말대로라면 박 의원은 지금 폭주하고 있는 기관차예요. 살아남기 위해서 무슨 짓이든 벌일 거예요. 강한일이 박 의원을 거북하게 했을 거예요. 사냥이 끝나면 개도 잡아먹는데…… 하물며 약점을 쥐고 있는 강한일을 그냥 내버려 두겠어요? 자세한 건 강북의 대신캐피탈을 조사하면 알게 되겠죠. 그건 제가 따로 알아볼게요."

"연구로 바쁘지 않아요?"

"제가 KEF의 시스템 관리 자문위원이라고요. 사람들 시키면 돼요.”

“그 일에 국정원 요원을 부려먹는다고요?”

“어머! 부려먹고 그럴 것도 없어요. 어차피 경찰청 데이터에서 정보만 빼내오는 일인걸요. 대신캐피탈을 털어보면 분명히 박 의원과의 접점이 나타날 거예요. 그걸 확인하는 데 여러 사람 필요하지도 않아요. 부탁할 사람 없으면 제가 직접 해도 되고요. 이미 대한민국의 데이터는 모두 제 손에 있다고요. 공식적으로.”

“괜히 저 때문에 연구에 지장이 있으면…… 임 회장님 볼 면목이 없는데…….”

“저도 큰아버지 귀에 들어갈 정도로 근무에 태만하지는 않아요.”

“평일에 이렇게 막 돌아다녀도 지장 없어요?”

“오늘이 강유진 씨 이사 가는 날이라니까 오히려 가라고 등을 떠미시던걸요?”

“하아! 역시 천재는 다르군요.”

“네, 그런 건 좋아요.”

“부럽습니다.”

“그런 천재를 부려먹는 사람을 더 부러워해야 하는 거 아닌가요?”

“누구요?”

‘쳇! 누구긴…….’

임지연이 입술을 삐죽였다.

세계적인 천재라는 임지연을 고작 그림자로 만든 사람이 누군데?

두 사람만의 조촐한 집들이는 거의 밤 10시가 돼서야 끝이 났다.

강유진은 임지연을 보내고 나서 꽤 오랫동안 마루를 정리해야 했다. 겨우 두 사람이 식사를 했을 뿐인데, 마루와 주방은 거의 폭격을 맞은 것처럼 보였다.

허리가 뻐근하도록 쓸고 닦기를 마친 강유진은 거의 11시가 되어서야 쉴 수 있었다.

강유진은 따뜻한 커피 한 잔을 타서 창가로 걸어갔다.

7층에서 내려다보는 도시의 야경은 묘한 감흥을 불러 일으켰다.

고생 끝에 취업과 결혼, 어머니의 죽음, 가정의 해체, 자살미수, 그리고 싱크홀에서 만난 카론의 태블릿.

숨 가쁘게 살아온 날들이 기억 저편에서 떠올랐다가 어둠 속으로 사라져 갔다.

그리고 엘.

인간과 비교하면 엘은 무한에 가까운 존재다.

신이라고 해도 과언이 아니다.

그런 엘이 자신의 몸에 잠들어 있다.

무한이 유한한 자신의 속에 담겨 있는 것이다.

'나는 누구지?'

지금의 자신을 단지 인간 강유진이라고 말할 수 있을까?

자신이 오욕칠정을 느끼는 보통의 인간이라는 것은 사실이다. 하지만 요즘 들어 뭔가 본질적인 부분에 있어 변화가 생긴 것 같았다. 이를테면 분노조차도 이성적으로 느끼고 있다는 것이다. 이성적인 분노라는 말도 안 되는 일이 자신에게 벌어지고 있었다.

문제는 이제 살인조차도 이성적인 선택으로 가능할 것 같다는 것이다.

양 사장과 박 의원의 허튼수작을 뻔히 알면서도 두고 보는 것은 그런 이유에서였다.

아무리 극악한 살인범도 판사만 잘 만나면 집행유예로 풀려날 수 있는 사법기관에 대한 불신과, 박 의원 일당의 흉악무도한 도발이 직접적인 응징으로 방향을 바꾸게 만든 셈이다.

창문에 비친 자신의 모습이 낯설다.

조금 말랐지만 전체적으로 균형 잡힌 체형의 젊은 남자다.

한창때인 이십 대 초중반에도 저 정도는 아니었다는 생각이 든다.

강유진은 저도 모르게 중얼거렸다.

"너 누구냐……."

*　　*　　*

인천의 차이나타운에는 종종 그 기원이나 설립 의도를 이해할 수 없는 것들이 있다. 중국식 건물 속에 뜬금없이 서 있는 근대식 건물도 그중 하나다. 명패나 간판이 걸려 있지 않아 용도는 미상이다. 하지만 항상 무표정한 얼굴의 남자들이 지키는 걸로 보아 일반 가정집은 아닌 게 분명하다.

바로 그 용도 미상의 건물 안에서 이남일녀(二男一女)가 차를 마시고 있었다.

중국식 전통 복장의 노인과 회색 양복의 중년남자, 그리고 명품으로 보이는 오렌지색 하프코트를 입은 미모의 여자다.

대화는 주로 중년남자가 이끌어 가고 있었지만, 결정권은 노인에게 있는 것 같았다.

"이 노사, 마포로부터 연락이 끊어졌습니다. 아무래도…… 문제가 생긴 것 같습니다."

노인이 인상을 찌푸리며 담뱃대를 입으로 가져갔다.

…….

원탁 위에 담배 연기가 자욱해질 때까지 아무도 입을 열지 않았다.

천천히 담뱃재를 털던 노인이 가래가 끓는 소리로 물었다.

"타이거는?"

"만리향(萬里香)에서 대기하고 있습니다."

"……."

노인은 아무런 지시도 내리지 않았다.

한참 만에 노인이 중얼거렸다.

"마음에 안 들어……."

"뭐가 그렇게 마음에 안 들어요?"

여자가 생글거리며 노인을 바라보았다.

"이(李) 소저, 우리가 정식으로 진출한 나라 가운데 인천의 차이나타운이 가장 낙후되었소. 한국인들의 이해할 수 없는 습성 때문이지요. 덕분에 이제는 차이나타운의 설립 목적마저 모호해졌소. 밤거리도 마찬가지요. 이놈들은 너무 변화가 막측해서 미래를 예견할 수 없소."

노인이 담뱃대를 입으로 가져가며 중얼거렸다.

"이런 열등 종자들이 오래도록 나라의 기틀을 유지할 수 있다니…… 내면을 들여다보면 몽골이나 티벳보다 못한 종족인데……."

"호호, 마음 상해 하지 마세요. 고작 하부조직 하나와 연락이 끊어진 것뿐이잖아요."

"한국의 다른 조직들과 연계가 안 된다는 게 문제요. 회의까지 몇 달 남지도 않았는데, 언제 준비를 한단 말이오?"

"나 혼자 해도 돼요."

여자의 미소가 더 짙어졌다.

"안 될 말씀. 현지인을 동원하려는 것은 이 소저를 보호하기 위해서외다. 이 소저와 같은 분을 위험에 처하게 할 수는 없소. 조직에서 알게 되면 이 늙은이의 목숨이 열 개라도 부족할 거외다. 부디 혼자서 하겠다는 말씀은 거두어 주시오."

"후후, 너무 무리하지는 마세요. 조력자가 없으면 어쩔 수 없는 거죠 뭐. 게다가 나 혼자서도 할 수 있는 일이에요. 아시잖아요."

"……."

노인은 더 이상 뭐라고 하지 않았다.

맞는 소리다. 조력자가 없으면 혼자서 할 수밖에 없다. 게다가 이소빙(李少氷)에게는 그럴 능력이 있다. 하지만 어떤 결과가 나오든, 조직에서 용서하지 않을 것이다. 중천(中天)의 사도(使徒)인 이 소저를 혼자 보낸 자신의 무능을 말이다.

"명왕(冥王), 너도 이 소저의 말씀을 들었지? 타이거를 보내 상황을 자세히 알아 오너라. 경찰에서 타이거를 찾고 있을지도 모르니 무리하지는 않아도 된다."

"그 말씀은?"

"그쪽의 느낌이 좋지 않으면 다른 조직도 알아보라는 말이다. 꼭 서울이 아니라도 좋다."

명왕이라 불린 중년인의 얼굴이 조금 펴졌다. 노인이 '서울이 아니라도 좋다'고 한 말 때문이다. 서울과 달리 지방 조폭에의 진입 장벽은 그다지 높지 않았던 것이다.

"알겠습니다."

"잊어서는 안 될 것이다. 중천의 뜻을 좇는 것이 우리 삼합회(三合會)의 사명이라는 것을……."

"예! 명심(銘心)하여 봉행(奉行)하겠습니다!"

중년남자, 명왕이 자리에서 일어나 노인과 여자에게 읍(揖)을 해 보였다.

*　　*　　*

같은 시기 메사추세츠 주 보스턴의 프루덴샬 빌딩 22층 사무실.

회색의 롱코트를 걸친 남자가 창밖으로 보이는 찰스 강(Charles River)을 내려다보며 말했다.

"장, 너는 우리를 실망시켰어."

"다시 한 번 기회를 줘."

회색 롱코트 사내의 뒤에서 부탁하고 있는 사람은 장 테스카틀이었다.

"기회? 이미 데이터는 파괴되었고, 임 박사는 24시간 경찰의 보호를 받고 있어. 너 때문에 한국에서의 계획이 십 년은 후퇴했단 말이다."

"내가 수습할게. 내가 하게 해줘. 부탁이야."

"한국은 작은 나라야. 지난번의 일로 너는 이미 1급 테러범으로 등록이 되어 있다고. 네가 한국에 가게 될 일은 없을 거야."

"……."

회색 롱코트의 사내가 돌아섰다.

생기가 느껴지지 않는 회색 눈동자가 장 테스카틀을 응시했다.

"실수를 만회할 기회가 전혀 없는 건 아니야."

"뭐든지 말만 해. 미국의 대통령이라도 죽여줄 수 있어."

"흐흐, 우습군. 그게 너의 한계야. 우리의 주요 후원자를 죽일 거라고 생각했나?"

"미안, 뭐든 하겠다는 뜻이었다."

"백악관의 주인을 죽이는 것보다 쉬운 일이 하나 있기는 해. 어쩌면 너를 위한 일인지도 모르지. 특히나 미국에서는 말이야."

"하겠다."

"좋아, 훌륭한 마음가짐이야."

회색의 사내가 품안에서 비닐팩 하나를 꺼내 장 테스카틀을 향해 던졌다.

장 테스카틀이 재빨리 비닐팩을 받았다.

"MIT공대의 교수로 있는 문지용 박사다. 조만간 한국으로 건너가 임지연의 연구소에 합류할 거야."

"그를 죽이면 되나?"

"흐흐, 한국에 이런 조크가 있더군. '왜 이래? 아마추어같이.' 생각해 봐. 그를 죽일 거였으면 네 차례까지 가지도 않아. 알잖아? 이 나라에는 20달러만 손에 쥐어줘도 그를 자동권총으로 난사해 줄 정신 나간 놈들이 많다고."

"그럼?"

"그가 우리를 위해 일하겠다고 맹세하게 만들어 줘야겠어."

"회유하라는 건가?"

"회유를 하건 협박을 하건 그건 네가 알아서 할 일이지."

"좋아. 그를 끌어들이면, 나도 크라노시안이 될 수 있는 건가?"

"12번째 사도의 자리는 비워져 있어. 이번 일을 성공적으로 마친다면 네가 그 자리를 차지하게 될 거야, 장 테스카틀."

"마지막 시험은 생각보다 어렵지 않은 것 같군."

"생각처럼 쉽지는 않을 거야. 얼마 전에 CIA에서 그를 포섭하려고 납치했지만 실패했어. 납치와 협박에는 내성이 생겼을지도 몰라. 애국심이 강한 사람이라고 하니 자살을 할지도 모르지. 미리 말하지만, 그가 자살하면 너도 죽어."

"……."

장 테스카틀이 인상을 찡그렸다. 그제야 쉽지 않은 임무임을 깨달은 것이다.

"나를 선택한 건 내가 그와 같은 한국인이기 때문인가?"

"그래. 그는 지금 CIA와 FBI의 이중감시를 받고 있어. 같은 한국인이라면 그들도 경계하지 않을 거야."

"문 박사가 한국에 갈 계획인 걸 안다면…… 오히려 한국인을 더 경계할 텐데?"

"미국 정부의 허락 없이 그가 한국으로 갈 수 있을 거라고 생각하나? CIA와 FBI는 한국 이외의 상황에 대해서 촉각을 곤두세우고 있는 것뿐이야. 게다가 한국은 미국의 혈맹이니까, 한국으로의 인력 송출은 부담이 없어. 어차피 한국은 미국을 적대시하지 못할 테니까."

"흠, 역시 중국 때문인가?"

"그래, 북한과 중국이 밀착할수록, 혹은 남북이 통일을 한다고 해도…… 국경을 마주한 중국 때문에 한국은 미국을 파트너로 선택할 수밖에 없다고. 한국과 같은 나라의 상황에서는 국제외교의 제일법칙 아닌가? 이른바 원교근공(遠交近攻)이라는 것이."

"이해할 수가 없군. 어차피 미국의 이익으로 연결될 거라면, 왜 문 박사를 끌어들이려고 하지?"

"쯧쯧, 그러니까 아직 멀었다는 거다. 우리는 미국의 이익을 위해서가 아니라 우리를 위해서 움직인다. 사도가 되고 싶다는 인간이 그것도 모르고 있었나?"

"아, 미안, 아직 국가니 민족이니 하는 선입견이 남아 있어서."

"아! 그러고 보니 네가 적임자인 이유 중 하나는 그것과도 관계가 있었어. 백인들의 눈에는 황인종의 얼굴이 거기서 거기거든.

일본인인지 중국인인지 한국인인지…… 구별이 안 가. 연령대만 비슷하면 그 얼굴이 그 얼굴이지. 문 박사의 사진을 프린트해서 들고 다니게 하고 싶지는 않았거든."

"그렇군. 나도 아직 백인이나 흑인의 얼굴은 잘 구별하지 못해. 과연, 그래서 내가 선택되었군. 나중에 문 박사에게 감사라도 해야겠는걸."

"감사는 임무를 완수하고 나서 해도 늦지 않아. 이번에도 실패하면 세상에 태어난 걸 후회하게 될 거야. 아무리 네가 사도 후보자였다고 해도 말이지."

"말만이라도 고맙군."

"다시 말하지만, 문 박사는 상처 없이 한국으로 보내져야 해. 너의 성공이나 실패와는 무관하게 말이지."

"걱정하지 마. 이젠 나도 확실히 알게 됐으니까. 문 박사가 임지연의 연구소에 진입할 마지막 기회라는 거겠지. 아닌가?"

"정확해. 그의 몸만 건드리지 않으면 돼. 무슨 뜻인지 알 거라고 믿겠다."

"기대에 보답해 주지."

"흐흐…… 정말 마음에 드는 인간이라니까……."

회색 롱코트를 입은 사내의 입이 귀밑까지 길게 찢어졌다.

그 기괴한 미소에 질린 장 테스카틀이 슬쩍 고개를 돌렸다. 저 인간 같지 않은 표정만큼은 도무지 적응이 되지 않았다.

문득 장 테스카틀이 물었다.

"그레이(Gray) 사도, 다른 사도들도 너와 같은 모습인가?"

장 테스카틀은 차마 '나도 그렇게 변하는 거냐?' 고 묻지 못했다.

"이제 와 두려운가?"

"그건 아니야."

"컵에 바다를 담았다. 설마 아무 변화가 없을 거라고 생각했었나?"

"그렇다면 그건 일종의 부작용인가?"

"아니, 이건 진화야. 탈인류의 증거지."

"……."

"흐흐, 장 테스카틀…… 여전히 소심하군. CIA의 공작원 출신이라고는 믿어지지 않을 정도야. 영지(靈知)를 받아들이는 사람마다 차이가 있으니 걱정할 것 없다."

"그레이 사도, 너는 아직도 내가 아는 사이먼(Simon)인가?"

…….

잠시 침묵하던 회색 롱코트의 사내가 입을 열었다.

"그래, 한때 너의 룸메이트였던 사이먼이자, 사도 그레이다. 탈인류라는 말은 내가 인간이 아니라는 뜻이 아니었다. 더 위대한 인간으로 진화되고 있다는 뜻이지."

"조금 위로가 되는군."

"그렇다고 해서 내가 너에게 관대할 거라는 기대는 하지 마라. 사이먼의 기억을 가지고 있지만…… 나는 그레이 사도니까 말이다……."

회색 롱코트의 사내, 그레이 사도의 모습이 점점 흐려지는가 싶더니 곧 완전히 사라져 버렸다.

우두커니 서 있던 장 테스카틀이 들고 있던 비닐팩을 열었다.

문지용 박사와 그 가족들의 사진이 쏟아져 나왔다.

"아하, 그의 몸만 건드리지 않으면 된다는 건 그런 뜻이었군……."

장 테스카틀의 입술이 잔혹하게 뒤틀렸다.

더 높이 올라가기 위해서는 무슨 일이든 할 준비가 되어 있었다. 어차피 CIA에서 용도 폐기될 때 인간 장우석은 죽었다. CIA에 고용된 킬러들을 피해서 이 년간 세계를 떠돌아다녔다. CIA의 집요한 추적은 자신이 국제범죄조직인 임모탈(Immortal)의 일원이 되고 나서야 사라졌다. 그제야 세상의 지배자가 따로 있다는 것을 알게 되었다.

임모탈. 십이사도들에 의해 운영되는 국제적인 비밀결사조직. 임모탈은 합법과 불법의 경계를 넘나들며 세계의 경제를 좌우했다. 그 임모탈의 지도자들이 바로 십이사도였다. 그들은 모두 영지(靈知)를 받아 각성(覺醒)하여 탈인류가 된 이능력자들이다.

장 테스카틀이 사진을 한 장씩 집으며 중얼거렸다.

"인신공양(人身供養)인 거다……."

자신의 운명은 사도가 되는 것이다.

그리고 사도가 되기 위해서라면 인간성쯤은 잠시 주머니에 넣어둘 용의가 있었다.

제9화

국정원의 컨설턴트

검은색 SUV차량 한 대가 경기도 판교의 도로를 거침없이 내달렸다. 얼마 전 국정원의 컨설턴트로 특채된 강유진을 태운 차량이다. 강유진은 국정원장과의 약속대로 '신임요원의 기본교육'을 받기 위해 국가정보대학원으로 가는 중이었다.

SUV차량의 운전을 하고 있는 사람은 국정원의 기성요원 신지섭이다.

신지섭은 바쁘게 차량의 흐름을 쫓으면서 가끔씩 강유진의 옆얼굴을 힐끔거렸다.

어리버리한 분위기로 보아 신임요원으로 입교하러 가는 것 같은데, 남들보다 한 달이나 늦은 게 이해가 가지 않았다.

'뭐하는 사람이기에 혼자서 따로 입교를 하지?'

자신이 아는 한 지금까지 그런 전례는 없었다. 국정원의 신임교육은 신임요원들의 협동과 단결을 기반으로 한다. 그래야 서로에 대한 신뢰가 생기고, 훗날 위급한 상황에서 동료를 위해 목숨도 걸 수 있게 되기 때문이다. 이 단합과 연대의식이야말로 훈련을 통해 얻게 되는 주요 부산물 중에 하나였다.

물론 정보나 공작을 위해 일시적으로 국정원과 관계하는 계약직 요원도 간혹 입교를 하기도 했다. 보안교육을 받기 위해서다. 그들은 간단한 보안교육과 충성서약을 마치면 곧 돌아갔다.

하지만 이 남자는 신임요원의 교육과정에 정식으로 합류한다고 했다. 하루 이틀이 아닌, 몇 달간의 교육을 받게 된다는 뜻이다.

"이번 기수는 재밌는 친구들이 많더군요."

"그렇습니까?"

신지섭의 얼굴에 떨떠름한 표정이 떠올랐다. 이번 기수인지를 알기 위해 슬쩍 운을 뗐는데 상대의 반응이 영 껄끄럽다.

"1월에 입교를 하면 6월까지는 거의 체력훈련이 주를 이룹니다. 공수훈련도 받고, 지리산 등정도 하고, 해상훈련까지 받게 되죠. 추운데 고생 좀 할 겁니다."

"먼저 시작한 분들도 있는데요 뭐."

"이렇게 늦은 이유라도?"

"저는 컨설턴트로 잠깐 교육을 받게 됐습니다."

"아!"

입으로는 알았다는 듯 탄성을 흘리면서도 신지섭은 알쏭달쏭한 표정이다.

대체 무슨 놈의 컨설턴트가 몇 달간이나 전문적인 요원교육을 받는다는 말인가? 국가정보대학원에서 무슨 석사과정을 하는 거라면 이해가 간다. 하지만 이 남자가 받는 것은 현장에 투입되는 요원들이 받는 특수교육이다.

'담당 훈육관은 박세기라고 하던데…….'

국정원이 어떤 곳이라고 컨설턴트에게 훈육관까지 붙여준단 말인가? 게다가 박세기는 국내에 몇 없는 일급 요원이다.

신지섭은 강유진이 에이전트를 컨설턴트로 착각하고 있다는 식으로 혼자서 결론 내렸다. 박세기 요원까지 투입될 훈련이면 당연히 그래야 한다.

그러는 동안 차량은 이정표를 따라 안으로 들어가고 있었다.

잠시 후 본관 앞에 SUV차량이 멈춰 섰다.

곧이어 운전석에서 나온 신지섭이 강유진을 데리고 안으로 들어갔다.

그렇게 강유진의 컨설턴트 생활은 시작되었다.

*　　*　　*

신임요원들은 한 달이라는 기간 동안 친해졌는지 휴식 시간마다 삼삼오오 모여서 가벼운 잡담을 나누었다. 그 속에서 강유진은 한동안 겉돌아야 했다. 나이의 문제는 아니다. 신입요원들의 나이는 이십 대 중반에서 삼십 대 후반까지 고르게 분포되어 있었다.

한 달이 지나서 합류했다는 게 걸림돌이었다.

굳이 비유하자면, 고등학교 입학식이 끝난 지 한 달 만에 전학생 하나가 굴러 들어온 그런 분위기였다.

그래도 고독 속에 몸부림치다가 죽으라는 법은 없나 보다. 일주일쯤 지나자 하나둘씩 인사를 건네오는 사람들이 생겼다.

최명석이 강유진의 맞은편에 식판을 내려놓았다.

"형님, 왜 혼자 드세요?"

"응? 어서 와. 내가 조금 늦게 와서 그래."

"에이, 형님은 자따(자기가 주변을 따돌리는 것) 같아요."

"그럴 리가. 내가 알고 보면 정에 굶주린 사람이라고……. 타이밍이 문제일 뿐이야, 타이밍."

강유진의 말에 최명석이 피식 웃음을 흘렸다.

한 달이나 늦게 입교를 했으니 타이밍의 문제이기는 하다. 하지만 꼭 입교의 지각이 문제는 아닌 것 같다. 가만 보면 강유진도 사람들에게 먼저 다가가지 않았다. 가뜩이나 친해지기 어려운 상황 속에서 그건 치명적이었다.

"형님은 컨설턴트라고 하셨죠?"

"응."

"근데 컨설턴트가 그렇게 훈련을 오래 받아요? 게다가 우리랑 같이 받잖아요."

무슨 놈의 컨설턴트가 국정원 신임요원 전부를 알 수 있게 훈련까지 참가한단 말인가? 요원들의 안전을 생각한다면 컨설턴트를 따로 교육시켜서 내보내는 게 상식이다. 결국 국정원 요원에 버금가는 위치의 컨설턴트라는 말이다. 그걸 컨설턴트라고 말할 수 있나?

"몰라. 내가 배우는 게 느려서 그런지도."

"에이, 말도 안 돼. 그런 사람을 컨설턴트로 뽑을 리가 없잖아요."

"여기 있잖아."

강유진이 어깨를 으쓱해 보였다. 체념을 떠나 어딘지 초탈해 보이는 그런 몸짓이다.

"하여튼 이상한 형님이야."

"뭐가?"

"새벽 조깅부터, 정보원교육 다 받고, 사격에 호신술까지…… 이해가 안 간다니까."

"이해는 이제 2월인데 벌써 가면 되냐."

"형님은 결정적일 때 그 썰렁한 농담만 하지 않으면 이십 대로 알 거예요. 진짜 얼굴이랑 말하는 거랑 너무 매치가 안 돼."

"그렇게 내 농담이 구리냐?"

"최신 유머집이라도 사서 읽어보세요."

"진짜 좌절이다. 앞으로는 진지한 말만 하면서 살아야겠다. 농담이 그렇게 안 어울린다니……."

"근데 형님 담당 훈육관(訓育官)이 루시퍼라면서요?"

"루시퍼?"

"왜 있잖아요. 검은 양복에 검은 넥타이만 매고 다니는 요원."

"아! 박세기 요원?"

"그 사람 이름이 박세기예요?"

"어, 그렇다고 소개하던데?"

"이름도 빡세게 생겼네. 그 사람 별명이 루시퍼래요. 우리 훈육관이 그러더라고요."

"사람 착하던데?"

"그럴 리가 없을 텐데요?"

"뭘 보고 루시퍼래?"

"정신적으로 엄청 쪼다던데……."

"난 안 쪼던데?"

"이상하다. 루시퍼에게 걸리면 대부분 그만둘까 말까 고민한다던데. 작년 기수에서는 루시퍼한테 시달리던 신임요원이 두 명이나 중도에 사직했대요. '더러워서 못해 먹겠다. 다 때려치우고 사법고시 보러 가겠다' 고 뛰쳐나갔다던데."

"몰라. 난 편한데?"

"작년 일로 좀 순해진 건가?"

순간 조폭이라고 해도 믿어질 정도로 험한 인상의 사내가 최명석의 뒤에 나타났다. 검은 양복에 검은 넥타이, 바로 박세기 훈육관이다.

"어이, 신입, 누가 순해졌다는 건가?"

"헙……."

뒤를 돌아본 최명석은 급히 식판으로 시선을 떨구었다. 그리고 손이 보이지 않게 숟가락질을 했다.

강유진이 갑자기 나타난 박세기에게 목례를 해 보였다.

"훈육관님도 식사를 하러 오셨습니까?"

"식사는 이미 오래전에 마쳤다. 자네는 왜 아직까지 식사를 하고 있는 건가?"

"늦게 시작했으니까요."

"저녁 시간에 나를 찾아오라는 연락을 받지 못했나?"

"쩝쩝, 이거 먹고 나서 가려고 했죠."

"……."

박세기 훈육관이 이글거리는 눈으로 강유진을 바라보았다.

보통의 신임요원은 훈육관을 저승사자처럼 어려워하는데, 유독 강유진은 대학 동아리 선배 대하듯 한다. 처음에는 자신의 착각이라고 생각했다. 하지만 지금의 태도를 보니 확실하다. 이놈은 원조 꼴통이다. 훈육관의 평가에 따라 근무지가 결정이 된다는 것을 생각하면, 인생을 포기한 놈이라고 봐도 무방하다.

'그런데 왜 이런 놈의 훈육관으로 날 배정했지?'

지금까지 주로 A급이라고 할 수 있는 신임요원을 맡아왔다. 신임요원을 혹독하게 다룬 것은, 그들에게 최고의 요원이 될 가능성이 있었기 때문이다. 국정원의 인사위원회에서도 그런 자신의 바람을 아는지 제법 쓸 만한 놈들로 배정해 주곤 했다.

설마 그런 생각이 자신만의 착각이었단 말인가?

'내가 고작 컨설턴트의 훈육관이라니!'

…….

최명석은 밥이 남았지만 급히 자리에서 일어섰다.

박세기 훈육관의 눈에서 쏟아져 나오는 울분과 분노의 파워를 더 이상 견딜 수 없어서다. 누가 봐도 저건 단지 쪼는 게 아니라 잡아먹으려는 눈빛이다.

"형님, 저 먼저 갑니다."

박세기 훈육관에게는 차마 인사도 건네지 못하고 머리만 꾸벅였다.

그리고 뒤도 돌아보지 않고 빠른 걸음으로 멀어져 갔다.

그날, '강유진이 박세기 훈육관에게 찍혔다'는 소문이 신임요원들 사이에 들불처럼 번져 나갔다.

사람들은 '컨설턴트도 중간에 그만두는가?'를 두고 설왕설래했다. 컨설턴트는 신임요원들과 달리 필요에 의해 일시적으로 고용되는 형태를 취하고 있다. 신임요원보다 전반적으로 의무와 책임이 덜할 수밖에 없다. 그러나 전문직 종사자로써 국정원에 일시 고용된 관계라면 또 상황이 다르다. 계약위반은 더 치명적일 수 있기 때문이다.

자신과 박세기 훈육관을 두고 온갖 루머가 확대 재생산되고 있었지만, 강유진은 몰랐다. 아니, 관심을 두지 않았다.

그즈음 강유진의 관심은 온통 '박 의원을 어떻게 처리하느냐'에 쏠려 있었기 때문이다.

* * *

입교 후 한 달 내내 강유진은 신임요원들과 함께 경기도의 산을 올랐다. 모두가 기초체력단련을 위해서였다. 훈육관 11명과 신임요원 34명으로 구성된 요원들은 '경기도 직장인 산악회' 라는 이름으로 일주일에 한 곳 이상의 산을 등반했다.

"수고했다. 오늘은 야간교육이 없다. 저녁 식사 후부터 9시까지 자유다."

"와아!"

"휴!"

신임요원들이 좋아서 옆에 있는 요원들의 어깨를 툭툭 치며 키득거렸다. 모처럼 훈련도 교육도 없는 저녁 시간이라니 기쁜 모양이다.

"그리고 그동안의 노고를 치하하는 의미로 9시에 회식을 하도록 하겠다."

"……."

"하아~"

"우우……."

청춘남녀들에게 회식 시간을 준다는데 좋아하기보다는 탄식이 더 많았다. 그도 그럴 것이 국정원 훈련 기간의 회식은 놀이가 아니라 놀이의 학습 시간인 까닭이다. 장기자랑이라고 해서 온갖 민망한 연출을 하게 하는 것은 기본이다. 가지각색의 폭탄주를 제작해 반강제로 마시게도 한다.

정보와 술자리는 떼려야 뗄 수 없는 관계이기에 행해지는 이른바 회식훈련이다. 그러니 정보요원으로서 음주가무(飮酒歌舞)를 터득하는 것 역시 기초과정에 포함되어 있었다. 처음에는 즐겁지만 시간이 갈수록 고되기만 한 -그나마 몸이라도 건강해지는 등반과 달리 몸이 축나는- 교육이니 좋아할 리가 없는 것이다.

"이만 해산!"

훈육관의 지시에 따라 흩어지는 신임요원들의 걸음이 축 늘어졌다.

딱히 회식을 빙자한 음주가무교육의 예고 때문이 아니다. 새벽에 일어나 배낭을 메고 양평의 용문산 줄기를 –도일봉(道一峰), 중원산(中元山), 백운봉(白雲峰)– 일곱 시간이나 헤매다가 돌아왔으니 발걸음이 무거울 수밖에 없다.

그래도 따뜻한 물에 샤워를 하고 옷을 갈아입으니 피로가 풀린다.

저녁 식사 시간이 되자 강유진은 다른 신임요원들과 같이 식당으로 향했다. 고된 강행군을 하고 난 뒤였음에도 젊은 요원들은 여전히 생기발랄했다. 고통을 극복하기 위한 극기(克己)의 시간이 긴 만큼 국가에 헌신하기 위해 이 길을 간다는 자부심 또한 몸과 마음에 배어든다. 건강한 육체에 스스로의 선택에 대한 대견함마저 충만하니 요원들의 눈에서는 형형한 빛이 나고 있었다.

물론 이미 군대에서 한차례 담금질을 거친 강유진에게는 옛 추억을 되살리는 수준에 불과했지만 말이다.

배식 줄의 후미에 서 있던 강유진이 주변을 두리번거렸다.

제시간에 왔는데 식당은 벌써 사람들로 가득했다.

자주 애용하던 자리마다 이미 다른 요원들이 앉아 있었다.

결국 강유진은 아무 데나 빈자리를 찾아 앉아야겠다고 생각하며 정면으로 시선을 돌렸다.

그때 누군가 그의 어깨를 가볍게 건드렸다.

누군가 싶어 고개를 돌리던 강유진의 입이 쩍 벌어졌다.

"임지연 씨?"

뜻밖에도 임지연이 식판을 들고 서 있었다.

연구소에 있어야 할 임지연이 여기는 웬일일까?

"네, 저예요. 놀랐어요?"

"연구소는 어떻게 하고요?"

"컨설턴트라고 1박 2일 동안 교육을 받으래요. 연구소야 저 없어도 잘 돌아가니까. 괜찮아요. 게다가 겨우 1박 2일인데요 뭐. 1박~ 2일!"

임지연이 예능 프로그램의 개그맨 흉내를 냈다.

근처에 서 있던 요원들이 웃음을 참지 못하겠는지 '큭큭' 거렸다.

그 웃음이 시작이었다.

한 사람 두 사람 임지연을 알아보기 시작한 것이다.

식사 중이던 요원들까지 잠시 멈추고 임지연을 바라볼 정도다.

거의 식당의 모든 사람들이 임지연에게 시선을 고정했다고 해도 과언이 아니다.

임지연에 대해 모르는 사람은 없었다. 언론을 통해 대중에 알려진 것들로는, 최단기간 하버드의 학부와 대학원과정을 마친 최연소 공학박사, 하버드의 교수직 제안을 거절하고 대전의 국립과학기술대학원 연구소로 직행한 괴짜, 경제 대통령이라는 임천수 회장의 조카, 영화 마니아이자 자동차광으로 007시리즈만 몰고 다닌다는 초절정꽃미녀 정도다.

그런 임지연이 별 볼 일 없는 컨설턴트와 다정한 대화를 나누고 있다?

강유진을 바라보는 남자들의 시선에서 스파크가 일어났다.

여자들이라고 해서 다를 것도 없다.

무명의 헌신에 대한 절절한 기백 대신, 뭔가 분하다는 기색이 역력한 표정으로 임지연을 뚫어져라 바라보고 있었다. 그건 누가 가르쳐주지 않아도 터득하게 되는 –인간 본성에 내재되어 있는– 원천적인 질투다.

부산스럽던 식당은 그렇게 아주 잠깐 동안 정지했다.

하지만 신임요원들은 곧 현실로 돌아왔다.

시선이 거두어지고, 다시 달그락거리는 소리가 식당을 채워 나갔다.

강유진의 옆자리에 임지연이 자연스럽게 파고들었다.

"산행을 갔었다죠?"

"네."

"어때요? 등산은 할 만하던가요? 젊은 사람들 따라가기 벅찼을 텐데~"

임지연이 웃으며 말꼬리를 길게 올렸다.

"하하, 체력은 자신 있습니다. 그런데 누군 삼 개월이고, 누군 1박 2일이라니…… 좀 억울하군요."

"모르셨어요? 그게 바로 사회에 공헌하는 정도의 차이랍니다."

"네, 네, 저 같은 남자는 사회에서 삼 개월간 열외돼도 아무 지장이 없기는 합니다. 심지어 군대에 있는 동안에도 세상이 잘 돌아가더라고요."

"어머, 농담인데…… 괜히 했나 봐."

"아닙니다. 사람이 무심코 연못에 돌을 던지는 건 잘못이 아니에요. 돌에 맞아서 등이 터지는 개구리가 잘못한 거예요."

"잘못했어요. 한번 봐주세요.."

임지연이 작고 가느다란 손을 모아 비는 흉내를 냈다.

그제야 강유진이 선심 쓰듯 고개를 끄덕였다.

"알았습니다. 용서해 드리죠."

"호호, 고마워요."

그렇게 두 사람이 시시덕거리며 식사를 하고 있을 때다.

"형님, 저도 좀 소개시켜 주세요."

최명석이 불쑥 끼어들었다. 벌써 식사를 마치고 돌아가는지 손은 비어 있었다.

강유진이 두 사람을 번갈아 바라보며 말했다.

"임지연 씨, 이쪽은 여기서 알게 된 최명석 요원이에요. 명석이는 임지연 씨 알지?"

기다렸다는 듯 최명석이 꾸벅 인사를 했다.

"네, 당연히 알죠. 반갑습니다. 최명석이라고 합니다."

"네에, 임지연이에요."

"임지연 씨! 만나서 영광입니다! 임지연 씨는 제 아이돌이십니다!"

갑작스러운 선언에 강유진과 임지연이 멍한 표정으로 최명석을 바라보았다.

27살짜리 청년이 동갑내기 여자에게 하는 말치고는 상당히 파격적이다. 상대가 연예인이 아닌 과학자라서 그 파급효과는 더 컸다.

"어머, 고마워요! 그런 말은 처음 들어요!"

임지연은 아이돌 발언이 신선했던지 기쁨을 감추지 못했다.

내친김에 최명석이 더 적극적으로 나갔다.

"임지연 씨도 오늘밤 회식에 참가하시나요?"

강유진과 같은 컨설턴트라고 하는 말에 혹시나 싶어서 물어본 것이다. 이곳은 국정원 신임요원의 교육이 이뤄지고 있는 현장이다. 임지연까지 이곳에 나타났다는 것은 간접적으로 자신들과 연관되어 있다는 뜻이다. 그럼 회식에 동참할 확률도 높았다.

"아니요. 저는 술과는 담을 쌓고 살아서요. 회식에는 참가하지 않을 거예요."

"……."

순간 최명석은 임지연의 말을 이해할 수가 없었다.

요원교육에서 회식은 의무다. 그 의무를 단지 술과 담을 쌓고 살아서 빠지겠다고 한다. 국정원에서 그걸 허락할까?

강유진이 기가 막히다는 표정으로 물었다.

"와인은 술이 아니죠?"

와인 한 병을 혼자서 다 마신 여자가 천연덕스럽게 술과 담을 쌓고 산다니?

"와인은 음료와 약이라고 누가 그랬는데요……."

"……."

자신이 그날 밤에 했던 말이다. 강유진이 고개를 설레설레 저었다.

두 사람의 묘한 분위기에 최명석은 소외감을 느꼈다.

그리고 어쩐지 '임지연이 강유진의 곁에 앉아 있는 건 단지 아는 사람이기 때문만은 아닌 것 같다' 는 생각이 뇌리를 스친다. 두 사람 사이에 뭔가 사연이 있다.

'크흑! 아이돌은…… 아이돌일 뿐인가!'

탄식하던 최명석은 마음을 비우고 자리에서 일어났다.

"형님, 임지연 씨, 말씀 나누세요. 저는 좀 쉬어야겠습니다. 낮에 산에서 한기(寒氣)가 들었는지 컨디션이 별로네요."

"그래, 좀 쉬어둬라. 회식 끝까지 버티려면."

"안녕히 가세요."

돌아서서 걸어가던 최명석의 입에서 한숨이 흘러나왔다.

"하아! 아무도 잡지 않는구나……. 인간 최명석 많이 추락했다……."

그래도 명문대 출신에, 바나나색의 스포츠카를 몰고 거리로 나가면 미소녀들이 '오빠! 오빠!' 하며 줄을 섰었는데…….

터덜터덜 걸어가는 최명석에게 한 남자가 헐레벌떡 달려갔다.

"최명석! 명석아!"

"……."

최명석이 풀죽은 얼굴로 돌아섰다.

동갑내기라 말을 트고 지내기로 한 오지원이 손짓까지 하며 부르고 있었다.

"왜?"

"헉, 헉, 야! 너 아까 임지연 씨랑 이야기하던데…… 친하냐?"

"어, 좀."

최명석이 덤덤한 음성으로 답했다.

차마 '오늘 인사만 나누었는데 은따(은근히 따돌림) 당해서 돌아가는 길이야' 라고 말할 수는 없었다.

"야아! 너 다시 봤다. 최명석 대단하구나! 언제 나도 소개 좀 해주라."

"알았어. 내일 저녁에 만나면 소개해 줄게."

얼핏 듣기로 내일 돌아간다고 했으니 다시 만날 일은 없을 것이다. 내일 저녁은 소개 아니라 맞선자리도 약속해 줄 수 있다. 어차피 공약(空約)이 될 테니까…….

"고맙다! 너밖에 없다! 주말에 내가 한 턱 낼게!"

"한 턱 가지고 되겠냐? 팍팍 좀 쏴라. 내일만 날이겠냐?"

영악한 머리로 미리 연막까지 친다.

'내친김에 벗겨 먹기다.'

그래야 마음의 상처가 좀 가라앉을 것 같다. 사람으로 인해 받은 상처는 사람으로 치유하라는 말도 있지 않은가!

그날 밤 회식의 주인공은 최명석이었다.

술에 떡이 된 최명석은 자청해서 '병신춤'과 '나체춤'은 물론, 진짜 콧물을 줄줄 흘리며 '궁극의 영구 흉내 내기'까지 완벽하게 소화해 냈다.

그 일로 지난 한 달 동안 사람들의 눈에 띄지 않았던 무명의 최명석은 단숨에 별이 되었다.

회식 이후로 동기들은 그를 '미친 존재감'이라고 불렀다.

'광란의 폭주'라고까지 불리는 그의 행동은 한동안 훈육관들의 입에 오르내렸다.

*　　*　　*

누구라도 자기가 관계된 사람에 대해 알고 싶어 하는 마음이 있다. 상대에 대한 호감이나 반감이 있으면 그런 마음은 더해간다. 하물며 정보계통에 있는 사람들에게 그런 호기심은 더하다. 주말이 되자 박세기 훈육관은 지원실의 김진혁을 찾아갔다. 동기이자 한때 자신의 작전지원 파트너였던 김진혁에게 자신의 억울함과 답답함을 상의할 생각이었다.

"네 말을 들으니까 나도 좀 그렇다. 고작 컨설턴트에게 삼 개월간이나 훈련을 시킨다는 것도 이상하고."

그것도 신임요원의 정규교육과정에 합류시켰다는 게 납득이 안 갔다. 확실히 지금까지 그런 경우는 없었다는 생각이 든다.

"그렇지? 너도 이상한 생각이 들지? 내가 아주 그 인간 때문에 속병이 나서 죽을 것 같다니까."

"그 강유진이라는 사람은 좀 어때?"

"뭐가 어떻다는 거야?"

"교육을 잘 따라가고 있냐고."

"뭐, 그런대로."

"자세히 말해봐 좀."

박세기 훈육관이 떨떠름한 표정으로 손바닥 안의 캔커피를 빙글빙글 돌렸다. 별로 말해주고 싶지 않았지만 협조를 위해서는 조금은 가르쳐줘야 한다.

"그러니까…… 기본교육과정은 아주 잘 따라가고 있다고나 할까? 적응도 잘하고, 배우는 것도 빠르고, 체력도 괜찮고…… 선두그룹이라고 생각하면 돼."

"그럼 상당히 재능이 있는 사람이라는 말이네? A급은 된다는 소리잖아?"

"……."

박세기 훈육관이 인상을 찡그렸다. 확실히 자신의 권위를 좀 무시하는 경향이 있어서 그렇지 제법 쓸 만한 인재이기는 하다.

"근데 결정적으로 그 인간이 사회물이 덜 빠져서 무슨 대학 MT 온 것처럼 한다니까."

"음, 그건 좀 의외군."

"진혁아, 그래도 내가 지금까지 A급 요원들만 지도해 오지 않았냐? 내 손을 거쳐간 애들 다 SA(Special Agent)요원이 됐잖아. 그건 너도 인정하지?"

"거의 그랬지……."

"그런데 이번 차에서 갑자기 컨설턴트 하나를 더 지도하라는 지시가 내려왔더라고. 다른 훈육관도 많은데 나한테 그 인간을 떠맡긴 거야. SA요원 양성전문가인 나한테 말이지."

"그런데 그 컨설턴트는 대학 MT라도 온 것처럼 긴장감이 없고, 그런 거지?"

"어, 바로 그거야."

"그래서, 나를 찾아온 건 신세 한탄이나 하려고 온 것 같지는 않고. 원하는 게 뭐냐?"

"내가 다른 훈육관을 통해서 그 컨설턴트를 좀 알아봤는데…… 다들 모른다는 거야. 이름 석 자 외에는 아는 게 없어."

"보안에 걸려 있는 건가?"

"보안은 무슨 보안. 그 인간에 대해 궁금한 게 있으면 직접 물어보면 돼. 같이 훈련받는 애들 중에 친한 애들이 몇 있는데, 보안이고 비밀이고 할 것도 없는 것 같더라고."

"그러니까 그냥 일반인인데, 보안등급만 높다는 거야?"

"어, 그 인간과 친한 신임요원 하나를 불러다가 물어봤더니 신상정보가 술술 나와. 대성그룹 총무부에 있다가 해고당하고, 장사하다가 특채됐다는 거야."

"그럼 된 거 아니냐? 궁금하던 걸 알게 됐음 끝이잖아?"

"그게 정말인지 위장인지 누가 알아?"

"아! 하긴…… 아무리 컨설턴트라고 해도 삼 개월이나 신임요원들과 함께 훈련을 받게 한다면…… 그렇게 시시할 리가 없겠지?"

"내 말이!"

"나도 좀 궁금해진다."

"그래서 온 거야. 좀 파봐. 알고 보니까 숨겨진 빌게이츠의 애인이었다든지…… 하여튼 뭔가 특별한 게 나올 거야."

"동성애자 같아 보이냐?"

"얼굴도 곱상하고 매일 피부 관리를 한 것처럼 피부도 장난 아니야. 신임 여자애들까지 자극을 받아서 피부 관리한다고 난리도 아니라니까."

물론 강유진이 적극적으로 피부 관리를 하는지 안 하는지는 모른다. 하지만 강유진의 뽀얀 피부에 자극을 받은 신임 여자 요원들이 틈날 때마다 햇볕차단제와 영양크림을 바르는 건 이미 훈육관들 사이에 소문이 나 있었다.

"아, 진짜 밥맛이다. 남자새끼가 웬 피부 관리. 그것도 훈련장에서……."

"요즘 애들은 우리 때와 다르잖냐. 다들 곱게 커가지고…… 우리 때 생각하고 신임요원들 보면 아주 기가 막히고 코가 막힌다니까."

치를 떨고 있던 김진혁이 자리에서 벌떡 일어섰다.

"알았어. 내가 한번 가서 알아보고 올 테니까 잠깐 기다려 봐."

하지만 기세등등하게 떠났던 김진혁은 이십 분 만에 침통한 표정으로 돌아왔다.

"야, 씨발, 좆됐다."

"왜?"

"그 인간 컨설턴트 확실해?"

"그렇다니까."

"무슨 컨설턴트가 보안등급이 SS급이야? SA요원도 S급에 불과한데."

"몬 소리야?"

"너도 알겠지만 내가 K2까지는 열람이 가능하거든. 그런데 접근 권한이 없대. 상대가 K1이거나 그 이상인 거야."

"그래서 못 봤다는 거야?"

"SS급이면 대통령도 함부로 못 봐."

"에이, 씨벌, 뭐가 어떻게 돌아가고 있는 거야."

"그게 문제가 아냐, 인마. 우리 똥 밟았어. 나 손 떨고 있는 거 안 보여?"

"왜?"

"내 아이디로 그 인간 신상파일 보려고 했는데…… 오히려 접근 기록만 남겼어. 누가 프로그램 짰는지 지워지지도 않아."

"뭐라고?"

"……곧 불려갈지도 몰라. 우리 좆된 거야."

"아, 젠장! 넌 일처리를 그렇게밖에 못 하냐?"

"야! 인마! 내 보안등급이 아니면 어떻게 국정원 관계자의 신상을 털어보냐? 내 아이디로 로그인해서 접근할 수밖에 없잖아. 요원정보가 무슨 음식점 메뉴판인 줄 아나……."

"아, 씨발, 별것도 아닌 일로 경력에 줄 가게 생겼네."

"소환되면 변명할 거나 잘 생각해 둬. 난 솔직하게 다 말할 거니까."

"아! 진짜! 미치겠네!"

박세기 훈육관이 머리를 쥐어뜯었다.

아무것도 아닌 일이 이렇게까지 꼬일 줄이야! 십오 년의 특수요원 생활 중에 단 한 차례도 지적질을 당해본 적이 없다. 그런데 고작 컨설턴트 하나 때문에 경과보고서를 쓰게 생겼다. 아니, 훈육관이 제3자에게 신임요원에 관한 정보를 누설했으니…… 경과보고서로 끝날지도 의문이었다.

*　　*　　*

청풍(淸風)이라는 현판이 걸려 있는 한옥집 앞에 검은색 중형차가 정차했다.

조수석에서 내린 청년이 조심스럽게 차량의 뒷문을 열었다.

잠시 후 오십 대 남자가 중형차에서 내렸다.

남자는 만감이 교차하는 눈으로 한옥의 현판을 올려다보았다.

청년이 한옥집 대문을 열고 그 앞에 우뚝 버티고 섰다.

오십 대 남자가 청년의 어깨를 가볍게 두드려 보이고는 안쪽으로 들어갔다.

잠시 후 대문이 굳게 닫혔다.

그제야 청년은 차로 돌아갔다. 그리고 중형차는 어디론가 사라져 버렸다.

오십 대 남자가 안뜰로 몇 걸음 걸었을 때다.

한복을 곱게 차려 입은 사십 대 여자가 종종걸음으로 마중을 나왔다.

“회장님, 어서 오세요.”

“하하, 마담은 여전히 아름답군. 십 년 만인가?”

“어머, 햇수로는 십일 년이에요.”

“그래, 세월 참 빨라.”

“너무하세요. 그동안 왜 이렇게 안 오셨어요?”

“궁상맞게 요정에 혼자 와서 뭐하나? 모시고 올 손님이 있었어야지.”

“혼자라도 오셨어야죠.”

“그래서 이렇게 왔잖나. 의원님은 오셨나?”

“네, 십 분 전에 도착하셨어요. 이쪽으로 오세요.”

늦었다고 생각했는지 마담의 걸음이 조금 빨라졌다.

김대호가 묵묵히 그녀의 뒤를 따라갔다.

약속 시간은 아직 오 분 정도 남았다. 박 의원이 십오 분이나 일찍 와서 기다리고 있었다는 뜻이다. 박 의원은 약속 시간을 철저하게 지키는 사람이다. 그런 그가 일찍 나왔다면 사태가 그만큼 급박하게 돌아가고 있다는 뜻이다. 이미 다 처리해 줬는데 뭐가 그를 분주하게 만든 것일까?

안채 깊숙이에 있는 특별실로 들어가자 벌써 박 의원은 한잔 걸치고 있었다.

“허허, 어서 오게. 조금 일찍 와서 먼저 시작하고 있었네.”

“늦어서 죄송합니다.”

"괜찮아. 바쁘게 살다 보면 그럴 수도 있지."

김대호는 오 분 빨리 오고도 늦었다고 사과하고, 박 의원은 괜찮다고 용서를 한다. 그게 지금까지 두 사람이 살아온 삶의 방식이었다.

박 의원이 안주를 집어드는 아가씨에게 손짓을 보냈다.

"나가 있어라. 나중에 다시 부르마."

"네에, 말씀 나누세요."

이제 이십 대 초반으로 보이는 아가씨가 공손히 절을 하고 물러났다.

박 의원이 상 위에 놓여 있던 양주를 집어들었다.

"한잔 받게."

"예……."

김대호가 두 손으로 술잔을 들어 양주병의 입구로 가져갔다.

술이 가득 차자 단숨에 입안으로 털어넣었다. 물론 손으로 술잔을 가리는 것을 잊지 않았다.

누가 지금의 김대호를 본다면 믿지 않을지도 모른다. 그가 밤의 대통령이라는 소리를 듣고 있는 사람이었기 때문이다.

김대호는 술잔을 상위에 소리 없이 내려놓았다. 감히 '제가 한잔 올리겠습니다' 라는 말도 하지 못했다.

박 의원은 피식 웃더니 다시 자신의 잔에 술을 따랐다.

그러나 마시지는 않고 가만히 상 위에 내려놓았다.

"자네는 조금도 변하지 않았군."

"사람이 변하면 죽는다고 하더군요."

"그래, 그럴지도. 곧 죽는지도 모르고 기고만장한 인간들이 좀 있기는 하지."

"……."

김대호는 묵묵히 고개를 끄덕였다.

시체를 치운 지 얼마 되지 않은 터라 더 실감나게 들렸다.

"그런데 말이야…… 자네가 애를 쓴 건 아는데…… 결과가 좋지 않아."

"……."

깜짝 놀란 김대호가 박 의원을 마주 보았다.

확실히 하기 위해서 네 명이나 묻었는데 결과가 좋지 않다니? 이해가 가지 않았다.

"그렇다고 놀랄 것까지는 없네. 자네가 실수한 게 아니라…… 강한일이 멋대로 저질러 놓은 일이니까."

"강한일이요?"

"그래, 그가 나서서 입막음을 하겠다고 한 남자가 있네. 조선족까지 고용했다고 들었는데…… 실패를 했던 모양이야. 다시 내 주변을 맴돌고 있는 걸 보면."

"누굽니까?"

김대호의 음성에서 끈적끈적한 살기가 묻어났다.

박 의원이 상 아래에서 서류봉투를 꺼내 김대호에게 건넸다.

"인맥을 동원해서 알아낸 신상정보라네. 가급적 쓸 일이 없기를 바랐는데…… 결국 자네 손에까지 들어가게 됐군."

"감사합니다."

물론 믿고 맡겨줘서 감사하다는 뜻이었다.

김대호가 서류봉투를 품안에 챙겨 넣는 것을 묵묵히 바라보던 박 의원이 나직이 말했다.

"내가 직접 손을 쓸 일이 생기지 않도록 하게. 다시 시궁창에 발을 담그고 싶지는 않으니까. 나 같은 애국자가 그릇된 선택을 하게 되면…… 국가의 손해가 아닌가."

"심려하지 마십시오. 그런 일은 일어나지 않게 하겠습니다."

김대호가 박 의원을 어려워하는 이유가 몇 개 있다. 예컨대 자신을 키워준 사람이며 권력자인 것도 그런 것들에 속한다. 하지만 방금 그가 말한 시궁창만큼은 아니다. 그것은 직접적인 위험요인이기에 앞서, 건달의 자존심에도 맞지 않았다. 그걸 막기 위해서라도 박 의원을 협박하고 있는 남자의 숨통을 끊어야 한다. 박 의원도 그걸 알기에 시궁창 운운한 것이리라.

제10화

킬러와 더미(Dummy)

김대호가 박창섭 의원의 하수인 노릇을 오래 했다 해도, 그의 생각 전부를 알 수는 없다. 김대호를 불렀을 때, 박창섭 의원은 이미 시궁창에 발을 내딛은 상태였다.

고급 요정 청풍에서 김대호가 박창섭 의원으로부터 강유진의 신상 자료를 건네받은 그날, 인천국제공항을 통해 일본인 여섯 명이 입국했다. 마츠모토 구미(松本組)의 히트맨들이다. 그들은 일본 최대의 야쿠자 조직인 야마구치 구미(山口組)의 특공조이기도 했다.

다섯 명의 사내와 한 명의 여자가 공항 밖으로 나오자 회색 밴 한 대가 서서히 그들에게 다가갔다.

곧이어 조수석의 창문이 열리더니 양쪽 눈썹에 피어싱을 한 남자가 고개를 내밀었다.

남자는 히트맨들의 얼굴을 알고 있는 듯 가볍게 손짓했다.

여섯 명의 히트맨들은 망설이지 않고 밴에 올라탔다.

삼십 분쯤 지났을까?

연신 하품을 하던 가장 젊은 남자가 무료한 듯 스마트폰을 꺼냈다. 그리고 열심히 뭔가를 검색하기 시작했다.

"크크, 서울에 가면 이 술집에 꼭 가보라고 하던데…… 여자들 얼굴이 생각보다 별루네……. 길거리 헌팅을 하는 게 더 낫겠는걸……."

순간 사십 대 중년인이 인상을 찡그렸다.

"사사키(佐木), 이번에도 문제를 일으키면 오야붕(親分)께서 용서하지 않겠다고 하셨다. 뭐든 지나치면 좋지 않아. 그게 술과 여자라면 더욱 그렇지. 알겠나?"

팀장인 사토(佐藤)의 경고에 스마트폰을 들고 있던 청년이 키득거리며 답했다.

"형님, 고작 한국에서의 일인데 너무 긴장하시는 것 아닙니까? 여기는 아직도 회칼이나 들고 다니는 원시적인 곳이라고요."

"조용하게 처리하고, 최대한 신속하게 빠져나오라는 오야붕의 명령이시다. 한국에 마츠모토 구미가 상륙했다는 소문이 나면 안 된다는 것을 모르나."

"쳇! 저도 생각이 있는 놈입니다. 너무 잔소리하지 마십쇼. 제

일은 제가 알아서 합니다."

"사사키, 사토 형님에게 무례하지 말아라. 여긴 도쿄가 아니다. 따라다니며 네놈 뒤를 닦아줄 사람은 없어."

구석에 앉아 있던 삼십 대 남자가 으르렁거리듯 말했다.

사사키는 불만이 가득한 표정이었지만 반발하지 못했다.

차 안에 있는 다른 히트맨들의 인상이 잔뜩 굳어 있었기 때문이다. 확실히 여기는 자신의 본가(本家)가 있는 도쿄가 아니었다.

사사키가 입을 다물자 실내는 조용해졌다.

한 시간쯤 지났을까? 여섯 명의 히트맨들을 태운 밴은 강북에 있는 호텔 빅토리어스 주차장으로 들어갔다.

양쪽 눈썹에 피어싱을 한 남자는 히트맨들을 특실로 안내했다.

여섯 명의 히트맨들이 자리를 잡고 앉자 피어싱의 남자가 가방에서 서류봉투를 꺼냈다. 박 의원이 김대호에게 건넨 것과 같은 재질과 규격의 서류봉투였다.

피어싱의 남자는 서류봉투를 사토에게 넘기고 유창한 일본어로 설명을 시작했다.

"타깃은 36세의 한국 남자, 이름은 강유진이다. 최근의 사진이 있으니 얼굴을 숙지하기 바란다. 그는 국정원의 컨설턴트로 채용되어 기초교육을 이수 중에 있다. 기업조사에 대한 자문역할로 일시적으로 채용되었다지만, 무술특기자라는 걸 감안하면 요원들의 무술교관일 수도 있다. 현재 거주지는 경기도에 있는 국가정보대학원의 기숙사다. 평일에는 외출해도 갈 곳이 없는 지역이므로 주말에나 서울로 외출을 하고 있다. 이상이다. 질문 있나?"

서류를 읽던 사토가 놀란 얼굴로 물었다.

"국정원 관계자가 목표라는 말인가?"

"그렇다. 정확히는 기업자문인 컨설턴트다."

"오야붕께서도 아는 일인가?"

"물론, 그런데 모른다고 달라질 일인가?"

"……."

사토는 더 이상 토를 달지 않았다.

오야붕이 알고 보냈든 모르고 보냈든 결과는 같을 것이었다. 오야붕은 '그들이 원하는 상대를 죽이고 오라' 고 했다. 그러니 타깃이 된 이상, 상대가 컨설턴트가 아니라 국정원장이라고 해도 죽여야 한다. 그게 히트맨의 거부할 수 없는 숙명이다.

'허기사, 골치 아픈 상대니까 우리에게 손을 내밀었겠지.'

한국의 유명 정치인이 일본의 우익을 통해 은밀히 야쿠자를 불러들였다. 그만큼 감당하기 힘든 상대라는 뜻이리라.

곁에서 사진을 보고 있던 하나카(花香)가 끼어들었다.

"이봐요. 최근이라더니 누가 봐도 십 년 전의 사진이잖아요."

"날짜를 보도록. 2012년 3월 15일자 사진이다. 동안(童顔)이라고 생각해라."

"어머! 세상에!"

하나카의 탄성에 다른 히트맨들도 사진 주변으로 모여들었다.

처음에는 하나카의 과장이라고 생각했다. 하지만 망원렌즈로 찍은 게 분명한 사진 속의 남자는 확실히 이십 대 극초반의 얼굴을 하고 있었다.

사사키가 짜증이 가득한 음성으로 중얼거렸다.

"열 받는군. 이 자식 죽여버리겠어……."

*　　　*　　　*

"어떻게 오셨어요?"

입구 쪽에 앉아 있던 여직원 하나가 문을 열고 들어오는 남자를 향해 물었다.

"강 사장님을 만나러 왔습다."

약간 어눌한 말투가 영락없는 조선족이다.

여직원이 친절한 미소로 답했다.

"어떻게 하죠? 저희 사장님 바뀌셨는데."

"그럼 사장님 이름이?"

"황문석 사장님이세요."

여직원은 이제 어떻게 할 거냐는 눈으로 조선족 남자를 바라보았다.

조선족 남자, 타이거는 잠시 망설이다가 고개를 저었다.

암흑가에서 주인이 바뀌었다는 것은 죽거나, 강제로 은퇴를 당했다는 뜻이다. 아무리 삼합회라고 해도 이미 주인이 바뀐 집에는 어쩔 도리가 없다.

몇몇 남자들의 시선이 느껴졌다. 조용하던 사무실에 낯선 남자가 와서 떠드니 다들 궁금해 하는 눈치다. 이래서는 좋지 않다.

"그냥 돌아가겠습다."

타이거는 지체 없이 돌아섰다.

"거기, 무슨 일인지 데리고 와봐."

안쪽에서 젊은 목소리가 들렸다.

거의 동시에 타이거의 곁으로 남자 둘이 다가갔다.

순간 타이거는 '달아날까? 새 사장과 면담을 해볼까?'를 두고 아주 잠깐 망설였다.

그게 실수였다.

남자 둘이 타이거의 좌우에 바싹 붙었다.

타이거는 저격수지 격투가가 아니다.

결국 두 남자가 인도하는 대로 안쪽으로 들어가는 수밖에 없었다.

타이거의 입에서 가벼운 한숨이 흘러나왔다. 주도권이 넘어갔으니 이제는 상대와 대화가 잘 풀리기만을 바라야 했다.

의자에 앉아 있던 김수한이 조선족으로 보이는 사내를 슬쩍 올려다보았다.

드디어 강한일을 찾아온 사람이 방문을 한 것이다.

"강 사장님을 찾아왔다고?"

"예, 그런데 바뀐 걸 몰랐습다."

"강 사장님은 내가 모시던 형님이야. 무슨 일로 찾아온 거야?"

"별건 아니고, 전에 사업을 의론한 적이 있습다."

"그래? 무슨 사업?"

김수한은 아무렇지도 않은 척했지만 가슴은 세차게 요동치고 있었다.

예상이 맞다면 상대는 한영권을 죽인 전문 킬러다. 킬러와의 대화라고 생각하니 뭔가 더 큰 세상을 접한 기분까지 든다.

"중국에서 수산물 들여오는 걸 의론했었습다."

"쳇! 밀수를 하려고 했었나?"

"그건 저도 잘 모릅다."

김수한은 저도 모르게 피식 웃었다. 확실히 킬러다. 까다로운 질문이었는데 상대의 음성에는 긴장이 엿보이지 않았다. 처음부터 거짓말을 하려고 작정한 놈인 거다. 조폭 사무실에서 그럴 정도의 담력을 가진 일반인은 없다.

"신분증이나 여권 줘봐."

"예?"

"간 크게 밀수를 하자고 찾아온 사람인데, 상대가 누군지 정도는 확인해 둬야 하잖아? 당신 눈에는 우리가 호구로 보여?"

"신분증 없습다."

김수한이 의자 뒤로 몸을 편안히 기대며 소리쳤다.

"애들아, 사업하자는 손님이 신분증이 없으시단다. 찾아봐 드려라."

"예! 형님!"

건장한 사내 서너 명이 타이거를 향해 성큼성큼 다가갔다.

타이거의 눈이 재빨리 주변을 훑었다. 치고 달아날 방법이 있는지 모색하고 있는 것이다. 하지만 이내 표정이 어두워졌다. 사람이 너무 많았다. 자신이 너무 깊숙이 들어온 게 문제였다. 처음에 무조건 달아났어야 했다. 하지만 후회는 아무리 빨라도 이미 늦다. 처음부터 후회할 일을 만들지 말았어야 했다. 결국 타이거는 상대가 원하는 것을 주기로 마음먹었다.

"저어, 외국인 등록증은 있습다. 그렇지만 보고 돌려주셔야 함다."

타이거가 지갑에서 등록증을 꺼내 김수한의 앞에 내밀었다.

김수한이 외국인등록증을 받아 사진과 얼굴을 비교했다.

"간펑루이(gān fēng ruì)가 당신 이름이야?"

"그렇습다."

"중국 사람이네?"

"예, 조선족임다."

"이봐, 당신 우리 사장님과 만나서 사업 면담하고 싶어? 5시쯤 나오실 텐데."

김수한이 상대를 슬쩍 떠봤다.

하지만 이미 타이거는 대화를 할 마음이 없었다. 자신의 외국인 등록증이 상대에게 있는 한 질질 끌려다닐 것이 분명하기 때문이다.

"아님다. 저는 그저 사장님 심부름을 온 거라서……."

"그래? 가서 상의해 보고 마음이 생기면 언제라도 와. 우리 사장님께는 말해 놓을 테니까. 밀수건 뭐건 돈 되는 일은 마다하지 않는 분이시니까."

"알겠습다. 그럼…… 돌아가도 되는 건가요?"

"잠깐만, 미스 김! 이리 와봐!"

"네~"

고등학생 정도밖에 안 돼 보이는 여직원 하나가 잰걸음으로 다가왔다.

"이거 하나 복사 좀 해와. 나중에 사장님 오시면 중국 손님 왔었다고 말해야 하니까."

"네."

여직원이 외국인 등록증을 받아 복사기로 향했다.

타이거는 속으로 이를 갈았지만 제지할 방법이 없었다.

잠시 후 김수한이 외국인등록증을 돌려주며 넉살좋게 웃어 보였다.

"하하! 내가 이름을 잘 못 외워서. 그리고 복사 같은 건 너무 신경 쓰지 마쇼. 어차피 여기는 각서도 많이 쓰는 곳이라 널린 게 신분증 복사본이니까."

김수한이 책상 옆의 파지 상자를 발로 툭 건드려 보였다.

정말 파지 상자 안에 신분증 복사본과 주민등록증 사본이 한 가득이었다. 모두 각서나 차용증 등에 사용된 것들이다.

타이거가 씁쓰름한 표정으로 외국인등록증을 집어넣었다.

마음 같아서는 모두의 머리에 총알을 하나씩 먹여주고 싶다. 하지만 빈손으로 왔으니 그냥 돌아가는 수밖에 없다.

조선족 사내가 사무실을 떠나자 김수한은 구석에서 구두를 닦고 있던 막내를 불렀다.

"너, 저놈 몰래 따라가 봐. 어디로 들어가는지 사무실 확인해."

"예, 형님."

하지만 막내는 삼십 분 만에 풀죽은 얼굴로 돌아왔다.

"형님, 지하철에서 놓쳤습니다."

"그놈이 눈치 깐 거야?"

"……모르겠습니다. 그냥 지하철에서 정신을 차려보니 보이지 않았습니다. 용서해 주십쇼!"

"쩝, 추운데 욕봤다. 가서 쉬어라."

"……예, 형님."

힘없이 대답하고 돌아서는 막내의 어깨가 축 처졌다.

김수한이 고개를 설레설레 저었다.

실수를 한 것은 오히려 자신인지도 모른다. 상대가 전문 킬러라는 것을 알고도 햇병아리 막내를 보냈으니 말이다.

'나름 안면이 없는 애를 보낸다고 보낸 건데…….'

구석에서 구두를 닦고 있었으니까 안심했는데, 전문가의 예리한 감각을 속일 수는 없었던 모양이다.

하지만 이내 표정이 밝아졌다. 그래도 상대의 이름을 알아내고 외국인등록증까지 복사했으니, 이 정도면 대성공인 셈이다.

* * *

탕탕탕.

탕탕.

38구경 리볼버의 총성이 사격장 안을 울렸다.

잠시 후 표적지를 확인한 교육관이 만족한 미소로 말했다.

"훌륭하군요. 20발 모두 명중입니다. 군대 계실 때 특등 사격수셨다고요?"

"예, 저격수 훈련도 받았었습니다."

"어쩐지, 자세와 호흡 모두 안정되어 있습니다."

"계속 쏴야 하나요?"

강유진의 물음에 교육관이 고개를 저었다.

"아닙니다. 이 정도면 가르칠 것도 없습니다. 감각을 잊지 않도록 시간 날 때 와서 사격을 하도록 하세요. 스트레스도 풀리고 괜찮을 겁니다."

"그래도 됩니까?"

"당연하죠. 요원에게 사격은 취미가 아니라 생존의 문제니까요."

"알겠습니다."

강유진은 교육관의 말에 숙연한 마음이 되고 말았다.

확실히 국정원 요원에게 세상은 전장이다. 언젠가 총을 쏘게 된다면, 재미가 아니라 살아남기 위한 선택이리라.

돌아서서 걸어 나가는데 뒤에서 밝은 음성이 들려왔다.

"할 만해요?"

돌아보니 명문여대를 졸업하자마자 지원했다는 이보람 씨다. 남자 신임요원들이 가장 좋아한다는 인기순위 1위의 여자 신임요원이었다.

"네."

"사격 잘한다고 칭찬 들으셨죠?"

"뭐, 조금요."

"군대 갔다 온 남자들은 좋겠어요."

"왜요?"

"총을 쏴봐서 익숙할 거 아니에요. 여자들은 소리만 들어도 정신이 없는데."

"하하, 일리 있는 말씀이시군요. 그런데 이 년간 총소리 듣고 사는 것과 이 년간 사회에서 전문 지식을 습득하는 것 중에…… 어느 게 더 좋을 것 같아요?"

"칫, 그렇게 말하면 뭐 할 말 없고요. 그냥 남자들에게 유리한 종목이 있다는 차원에서 한 말이었어요. 등산이나 사격같이……."

"꼭 그렇지만도 않다고 생각합니다. 히말라야 14좌 완등을 한 오은선 씨도 여자고, 국가대표 여자 사격 선수도 총 잘 쏘잖아요."

"아, 그건 그렇네요."

"그런데 요즘은 컨설턴트도 사격을 하나요?"

이보람은 영 이해가 가지 않는다는 표정이었다. 자문을 하는 사람이 사격훈련까지 한다는 게 납득이 가지 않는 모양이다.

"저는 국정원이나 컨설턴트 모두가 처음이라…… 모르겠습니다."

"하긴 그러시겠다."

고개를 끄덕이던 이보람이 혼잣말처럼 중얼거렸다.

"국정원도 이젠 많이 바뀌었나 봐요. 다음 주에는 중고등학생들이 와서 안보체험교육을 받는다던데. 소문을 들으니까 사격장 체험시간도 있다고 하더라고요. 중고생들도 사격을 하는 세상이면…… 컨설턴트가 요원 교육받는 게 이상할 것도 없겠죠?"

강유진이 멋쩍은 미소를 지어 보였다. 어째 이야기가 자꾸만 자신을 깎아 내리는 방향으로 흐르는 느낌이다. 처음에는 '컨설턴트가 왜 사격을 배우느냐?' 라고 하더니, 이제는 '중고생도 사격을 한다더라' 로 가고 있었다. 딱히 할 이야기가 없으니 길게 시간 끌 것도 없다.

"그럼 저는 이만."

인사와 함께 강유진의 걸음이 빨라졌다.

하지만 이보람은 그런 강유진을 놓아줄 생각이 없는 것 같았다.

이보람이 재빨리 따라붙었다.

"그런데 기업관련 컨설턴트라고 하셨죠?"

"네."

"그러시구나."

의미 없는 질문이었던 듯 이보람은 더 묻지도 않았다. 그러면서도 강유진과 보폭을 맞추려고 부지런히 발을 움직였다.

강유진이 이보람의 옆모습을 힐끔 살폈다. 뒤늦게 다른 목적이 있는 건 아닌가 하는 생각이 든 것이다.

"혹시 따로 물어볼 게 있나요?"

"예? 왜요?"

"아뇨, 왠지 그런 느낌이 들어서요."

"아, 실은 지난주에 왔다가 간 임지연 씨 있잖아요?"

"네."

"그분하고 잘 아세요?"

"개인적으로 잘 아는 사이는 아니고요. 전에 직장 생활할 때 그분의 도움을 좀 받았습니다."

강유진은 아무렇지도 않은 표정이다. 국정원에서 생활한 지 어언 한 달이 넘어간다. 이젠 이 정도의 거짓말은 입에서 술술 나올 정도의 경지에 이른지도 모른다.

"아, 그럼 혹시 대성그룹 출신이세요?"

"네, 재벌그룹에서 일하다 보니 기업의 여러 가지 면을 알게 돼서…… 컨설턴트도 그래서 된 게 아닐까 하는 생각을 가지고 있습니다."

"그런데 회사는 어떻게 하시고? 훈련기간도 긴 것 같던데……."

"짤렸습니다. 여기저기 다른 일자리 알아보던 중에 국정원의 제안을 받은 거거든요. 월급도 나온다기에 컨설턴트가 되기로 한 겁니다."

"와아! 정말 잘 풀리셨네요!"

"네, 덕분에 이력서만 화려해지게 됐습니다."

잡담을 나누며 걷다 보니 어느덧 체육관 앞이다.

호신술 교육을 받으러 신임요원들이 하나둘 모여들고 있었다.

이보람은 금세 남자 신임요원들에게 둘러싸였다.

몇몇 남자 요원들이 경계의 눈으로 강유진을 힐끔거렸다.

강유진은 이보람과 전혀 관계가 없다는 얼굴로 슬금슬금 물러났다.

“여러분이 오늘 배워야 할 것은 제압술이다. 특별히 오늘은 최고의 요원을 모셨다. 실전이라 생각하고 잘 배우도록.”

말과 함께 호신술 교육관이 한쪽에 서 있던 박세기 훈육관에게 목례를 해 보였다.

도복 차림의 박세기 훈육관이 매트 위로 성큼성큼 걸어 나갔다.

“박세기 훈육관이다. 아는 사람도 있고, 모르는 사람도 있을 것이다. 알든 모르든 중요하지 않다. 오늘 나에게 배울 것은 두 가지다. 단검 든 사람을 제압하는 것과 권총 든 사람을 제압하는 것이다. 자네, 앞으로 나오도록.”

지명을 받은 신임요원 하나가 매트 위로 올라섰다.

박세기가 신임요원에게 단검 하나를 건넸다.

“이건 진짜 단검이다. 물론 안전을 위해 날은 세우지 않았다. 그러니까 마음 놓고 나에게 공격을 해보도록.”

단검의 상태를 확인한 남자 신임요원의 표정이 조금 풀어졌다.

곧이어 신임요원이 단검을 고쳐 잡고 박세기 훈육관을 매섭게 노려보았다.

박세기 훈육관이 공격해 보라는 듯 손가락을 까닥거렸다.

잠시 틈을 노리던 남자 신임요원이 단검으로 박세기 훈육관의 가슴을 찔렀다.

어딘지 모르게 어설퍼 보이는 공격이다.

박세기 훈육관이 여유 있게 상체를 크는가 싶더니 단검을 쥔 손목을 움켜잡았다. 그리고 비호(飛虎)처럼 앞으로 내딛으며 관절을 꺾었다.

"악!"

신임요원의 입에서 단말마의 비명이 터져 나왔다.

박세기 훈육관이 익숙한 솜씨로 신임요원의 뒷목을 가격했다.

신임요원이 풀썩 쓰러지고 나서야 박세기 훈육관의 움직임도 멈추었다.

"무기를 떨어뜨린 것으로 끝이 아니다. 가격해서 반격을 할 틈이 없게 만들어라. 그 과정에서 상대의 손목이나 팔꿈치 뼈가 부러져도, 신경 쓰지 마라. 너희들이 죽거나 상대를 죽이는 것보다 뼈가 조금 부러지는 게 낫다."

쓰러진 신임요원은 정신을 잃은 듯 좀처럼 깨어나지 못했다.

교육관 두 명이 다가와 신임요원을 한쪽으로 옮겼다.

"그다음은 권총 든 상대를 제압하는 방법이다. 누가 지원하겠나?"

박세기 훈육관이 이글거리는 눈으로 신임요원들을 바라보았다.

…….

체육관 안은 숨소리도 들리지 않았다.

방금 신임요원 하나가 맞아서 정신을 잃었는데 자원할 사람이 있을 리가 없다. 신임요원들은 약속이라도 한 듯 시선을 내리깔았다.

박세기 훈육관이 여유 있는 표정으로 신임요원들의 머리를 둘러보았다.

'응?'

그 많은 사람들 가운데 한 사람이 당당하게 고개를 쳐들고 있었다.

'강유진…….'

박세기 훈육관의 입술에 가벼운 경련이 일어났다.

저 강유진 때문에 조만간 사고경위서를 써야 할지도 모른다. 즐겁던 기분이 단숨에 날아갔다. 불쾌하다 못해 속이 쓰리기까지 하다.

"자네, 해보겠나?"

상대는 컨설턴트다. 일반 요원들과 같이 훈련을 받고 있다고 해도 똑같을 수는 없다. 그러니 지금의 질문은 다분히 상대를 놀리는 것에 불과했다.

"해도 됩니까?"

강유진이 아무렇지도 않은 표정으로 되물었다. 지금까지 컨설턴트라는 이유로 약간의 차별 대우를 받았기에 저도 모르게 물은 것이다.

"당연하다. 더미(Dummy, 모형)에 특별한 자격은 없으니까."

숨죽이고 있던 신임요원들 속에서 '쿡쿡' 거리는 웃음소리가 흘러나왔다. 박세기 훈육관이 강유진을 먹이로 찍었다고 생각하니 긴장이 조금씩 풀리는 모양이다. 어차피 권총 제압을 끝으로 시범이 끝나니 가슴 졸일 필요도 없었다.

강유진이 박세기 훈육관의 앞에 섰다.

박세기 훈육관이 품안에서 글록 17(Glock 17)을 꺼냈다.

"실탄을 제거한 글록 17이다. 여러분이 익히 알다시피 우리가 주무장으로 사용하는 것이다. 반자동 권총이며, 9미리 루거 파라블럼 탄환을 사용한다. 작동 방식은 쇼트 리코일 방식, 세이프 액션 방식, 총열은 113미리, 전장은 186미리, 중량은 625그램. 이것으로 나를 겨누는 것이 자네의 임무다."

박세기 훈육관이 자신의 글록 17을 강유진에게 건넸다.

강유진은 글록의 상태를 다시 한 번 확인했다. 만에 하나라도 실탄이 장전되어 있다면 큰일이기 때문이다.

"마네킹처럼 총 들고 가만히 서 있으라는 건가요?"

"물론 반격해도 된다. 할 수 있다면 말이지."

"실전처럼이라니까, 반격하겠습니다."

"할 수 있다면 해도 좋다. 시작하지."

강유진이 총구를 박세기 훈육관에게 돌렸다.

순간 박세기 훈육관이 번개처럼 손을 뻗었다. 그리고 총열을 감싸 쥐는가 싶더니 이내 아래로 꺾었다.

그 탄력으로 강유진의 손에서 글록 17이 떨어졌다.

다음 순간 글록 17은 박세기 훈육관의 손으로 빨려 들어갔다.

박세기 훈육관이 강유진의 이마에 총구를 들이댔다.

아니, 들이대려고 했다.

그러나 강유진의 손이 자연스럽게 권총을 한쪽으로 밀어냈다.

곧이어 박세기 훈육관의 손목이 아래로 꺾이는가 싶더니, 다시 한 번 글록 17이 툭 떨어져 내렸다.

박세기 훈육관이 가슴에서 했다면, 강유진은 이마에서 같은 동작을 재현해 낸 셈이다.

"이익!"

박세기 훈육관이 돌연 강유진의 손목을 움켜잡았다.

그리고 강유진의 몸을 힘껏 끌어당기며 반대편 팔꿈치로 머리를 찍어갔다.

하지만 박세기 훈육관의 공격은 먹히지 않았다.

끌려가는 듯하던 강유진은 어느새 박세기 훈육관의 손목을 맞잡고 안으로 파고들었다.

다음 순간 박세기 훈육관의 몸이 허공으로 날아올랐다.

철퍼덕.

상대를 깔끔하게 업어친 강유진이 손을 내밀며 말했다.

"죄송합니다. 합기도를 배웠더니 그만 반사적으로……."

"……."

박세기 훈육관은 얼떨결에 강유진의 손을 잡고 일어난 뒤에도 한동안 말을 하지 못했다. 종합 무술 12단인 자신이 당했다는 게 영 믿어지지 않는 얼굴이었다.

"자자, 지금부터 제압술의 실습에 들어가도록 하겠다. 2인 1조로 짝을 맞추도록!"

교육관이 재빨리 나서서 분위기를 수습했다.

강유진도 이리저리 흩어지는 신임요원들 속으로 돌아갔다.

파트너를 찾던 최명석이 재빨리 강유진의 앞에 섰다.

"형님, 합기도 배웠어요?"

"어."

"와아! 루시퍼 움직임도 빠른데, 형님 손은 아예 안 보이더라고요. 그거 어떻게 한 거예요?"

"권총 제압?"

"네."

"박세기 훈육관이 한 거 흉내 낸 거야."

"예에? 전에 배웠던 게 아니라 흉내 낸 거예요?"

"체육관에서는 단검 제압하는 거밖에 안 가르쳐줘. 누가 권총 제압술 같은 걸 가르쳐주겠냐. 쓸 데가 어딨다고?"

"하긴, 그렇겠다."

최명석이 신기한 동물이라도 보듯 강유진을 바라보았다.

"형님, 이참에 정식 요원 하겠다고 지원해 보세요. 총도 잘 쏘고, 호신술도 잘하고…… 못하는 게 없어. 그래서 이보람 씨가 관심을 갖나?"

"하하, 그건 오해다. 이보람 씨의 관심은 내가 아니라 임지연 씨에게 있다."

"임지연 씨요?"

"그렇다니까."

"아, 복잡해. 모르겠다. 형님은 그래서 이보람 씨에게 관심 없어요?"

"관심 없다."

"정말요?"

"그렇다니까."

"왜요?"

강유진이 인상을 찡그렸다.

왜라니? 관심이 없다면 그만이지 이유까지 말해야 하나?

아직 사적인 이야기까지 나눌 정도가 아니라고 생각한 강유진은 대화를 끝낼 생각으로 다소 극단적인 선택을 했다.

"이보람 씨는 내 취향이 아니야."

"……."

유치원 원생처럼 재잘재잘 떠들던 최명석이 갑자기 입을 꾹 다물었다.

"왜?"

이번에는 강유진이 물었다.

이보람에 대해 열심히 묻던 최명석이 돌연 침묵하니 궁금했던 것이다.

대답은 뒤에서 들려왔다.

"아저씨도 제 취향 아니거든요."

"……."

순간 강유진은 심장이 덜컥하고 내려앉는 기분을 느꼈다.

황급히 돌아보니 이보람이 싸늘한 표정으로 서 있었다.

"아, 저, 방금 그건…… 사실……."

뭐라고 변명하려고 했는데 뒷말이 떠오르지 않았다.

그렇게 강유진이 우물쭈물거리는 동안 이보람이 찬바람을 일으키며 두 사람 사이를 지나쳐 갔다.

"형님, 죄송해요. 갑자기 다가오는 바람에 말릴 틈도 없었어요."

"내가 볼 때 루시퍼는 박세기 훈육관이 아니라…… 너야, 인마."

"……."

그날 강유진은 처음으로 최명석에게 욕을 텄다.

나름 좋은 집안에서 곱게 자란 최명석은 뜻밖의 욕을 듣고도 발끈하지 않았다. 퀸카로 소문난 이보람에게 제대로 찍힌 강유진에 대한 미안한 마음 때문이다.

*　　*　　*

이른 새벽, 이남일녀가 흐릿한 안개를 뚫고 부지런히 산을 올랐다.

"하나카, 기회는 한 번뿐이다. 놈들이 몰려오기 전에 빠져나가려면…… 무조건 초탄(初彈)에 목숨을 끊어야 한다.”

부팀장인 노도카(長閑)의 말에 하나카가 피식 웃었다.

“발정난 사사키에게 주변 정리나 잘하라고 해. 목격자가 생기면 우리 모두 살아도 산 게 아닐 테니까.”

“제기랄! 누가 발정이 났다는 거냐!”

“아님 말고. 그런데 오늘 그자가 움직이는 게 확실한 거야?”

“확실하다. 주말이면 서울로 외출을 나간다고 하니까, 분명히 오늘 나올 거다. 그런데 거리가 좀 먼데, 괜찮겠나?”

“괜찮아. 한두 번도 아니고. 작년 여름 베트남 생각나? 그때는 지금보다 5백 미터나 더 떨어진 곳이었다고……. 그러니까 옆에서 보조나 잘해줘.”

하나카가 들고 있던 가죽가방에서 저격총을 꺼내 조립했다. FPS 게임 속에서나 볼 수 있었던 그것은 PSG-1(Prazisions Schutzen Gewehr-1, 정밀사격소총)이었다.

노도카가 희멀건 얼굴의 사사키에게 시선을 돌렸다.

“들었나? 사사키. 목격자가 있어서는 안 된다.”

“젠장, 나도 귀가 있다고. 사토를 피해서 따라왔더니 여기도 잔소리네.”

해가 높이 뜨자 안개는 거짓말처럼 사라졌다.

덕분에 시야가 확보된 하나카가 한층 밝은 음성으로 중얼거렸다.

"한국은 일본과 너무 닮아서 기분이 이상하다니까."

"왜? 고향에라도 온 것 같나?"

노도카는 망원경에서 눈을 떼지 않았다. 정문에 하나둘씩 사람들이 보였다. 저들 중 하나의 숨통을 끊는 것이 그들의 목표였다.

하나카가 품안에서 남자 사진을 꺼내 들여다보았다.

"풍경도 닮고, 사람도 닮아서…… 착각을 하게 될 때가 있어."

"하나카, 놈이 나오고 있는 것 같다."

노도카의 음성에 긴장이 묻어났다.

하나카는 다시 한 번 사진에 시선을 던졌다.

이십 대 초반으로 보이는 남자가 죽을지도 모르고 웃고 있었다. 그 미소가 왠지 어릴 때 동네에서 함께 뛰어놀던 친구와 닮았다고 생각했다.

유일한 벗 미노루(みのる).

잠시 추억에 잠겨 있던 하나카는 망원렌즈로 눈을 가져갔다.

귓가로 노도카의 차분한 음성이 들려왔다.

어느새 노도카는 마음을 가다듬은 것 같았다.

"정문 우측으로 나오는 세 사람을 봐라. 그들 가운데 가장 오른쪽에 있는, 파란색 파카를 입은 남자다. 확인했나?"

"그래, 잘생긴 얼굴이야."

하나카가 허허로운 음성으로 답했다.

망원경으로 전방을 주시하던 노도카가 잠시 멈칫거렸다. 하나카의 쓸쓸한 기분이 그에게도 전해진 탓이다.

곧이어 노도카가 무덤덤한 음성으로 중얼거렸다.

"영하 3도, 거리는 1,870미터, 풍속은 동북 방향 5마일……."

타앙.

맑은 총성이 긴 여운과 함께 산자락을 떠다녔다.

여름의 산이라면 푸드덕거리며 몇 마리 새라도 날아올랐을 테지만, 겨울산은 담담했다.

"철수다!"

노도카의 짧은 외침에 하나카가 떨리는 음성으로 답했다.

"아직이야. 맞지 않았어."

"하나카! 그래도 가야 한다! 당장 사토와 합류해야 해!"

멀리서 사사키가 소리쳤다.

"멍청이들! 뭐해! 어서 오지 않고!"

그제야 하나카는 총을 분해했다.

하나카의 손은 사시나무 떨듯 떨고 있었다.

노도카 역시 적잖이 당황한 표정이다.

잠시 후 사사키가 앞장서서 산을 달려 내려갔다. 하나카와 노도카가 그 뒤를 정신없이 따라붙었다.

세 사람이 길가로 내려오자 낡은 봉고차 한 대가 달려와 급정거를 했다.

곧이어 세 사람을 태운 봉고차는 쏜살같이 서울 방향으로 내달렸다.

조수석에 앉아 있던 사토가 하나카를 힐끔 바라보았다.

"결과는?"

"모르겠어요."

하나카가 떨리는 음성으로 답했다.

"무슨 소린가?"

"분명히 머리를 쐈는데, 30센티 옆의 기둥에서 불꽃이 튀었어요. 지금까지 30센티나 빗나간 적은 없다고요."

"실패했다는 말이로군."

사토의 음성이 무겁게 가라앉았다.

하나카의 저격이 실패했으니 다른 방법으로 상대를 죽여야 한다. 그 방법을 찾는 것은 전적으로 자신의 책임이었다.

"그, 그렇게 간단한 문제가 아니라고요. 머리를 쐈는데…… 어떻게 30센티나 빗나가죠? 나는 원티드의 안젤리나 졸리가 아니라고요."

맞은편에 앉아 있던 사사키가 이죽거렸다.

"뭐야? 큰소리 빵빵 치더니. 그냥 실수한 거잖아? 난 그동안 두 사람이나 저승으로 보내줬다고. 차라리 내가 나설 걸 그랬나 봐?"

"나는 실수라고 생각하지 않는다. 그저 운이 따르지 않았던 거야. 어쩌면 총에 문제가 있었을지도 모르지…….”

노도카가 하나카의 편을 들었다.

하지만 노도카의 말이 끝나기가 무섭게 하나카가 소리쳤다.

“네가 뭘 알아! 내 총에는 아무런 이상이 없어! 이상해! 이상하다고!”

“그만! 모두 조용히 해! 이제 시작됐을 뿐이다.”

…….

사토의 말에 다들 입을 다물었다.

그제야 하나카도 요동치는 마음을 가라앉혔다.

과정이야 어떻든 ‘이제 시작됐다’는 사토의 말은 사실이었다. 그 남자를 죽이지 못하면 누구도 일본으로 돌아가지 못한다.

다행히 킬러가 여섯이나 되니 일은 곧 끝날 것이다.

하나카는 좋은 쪽으로 생각하려고 애썼다.

〈5권에서 계속〉

블레이드 헌터

김정률 판타지 장편소설

FANTASYSTORY & ADVENTU

『소드 엠페러』, 『다크 메이지』,
『트루베니아 연대기』의 작가

김정률 판타지 장편소설

혼돈의 시대를 가로지르는 빛의 검이 되어라

『블레이드 헌터』

세계의 균형을 위협하는 빛나는 검의 출현!
마스터의 유지를 받들어 그 비밀을 밝힌다!

dream books
드림북스

생사금고
한이담 신무협 장편소설
ORIENTAL FANTASYSTORY & ADVENTURE
무협계를 강타할 신인의 등장!
한이담 신무협 장편소설
전대기인이 소림에 제자로 들어간다?
30년 만에 출도한 절대고수, 음모에 빠지다!
소림에서 벌어진 충격적 살인사건,
그러나 그것은 거대한 음모의 시작에 불과했다!
dream books
드림북스

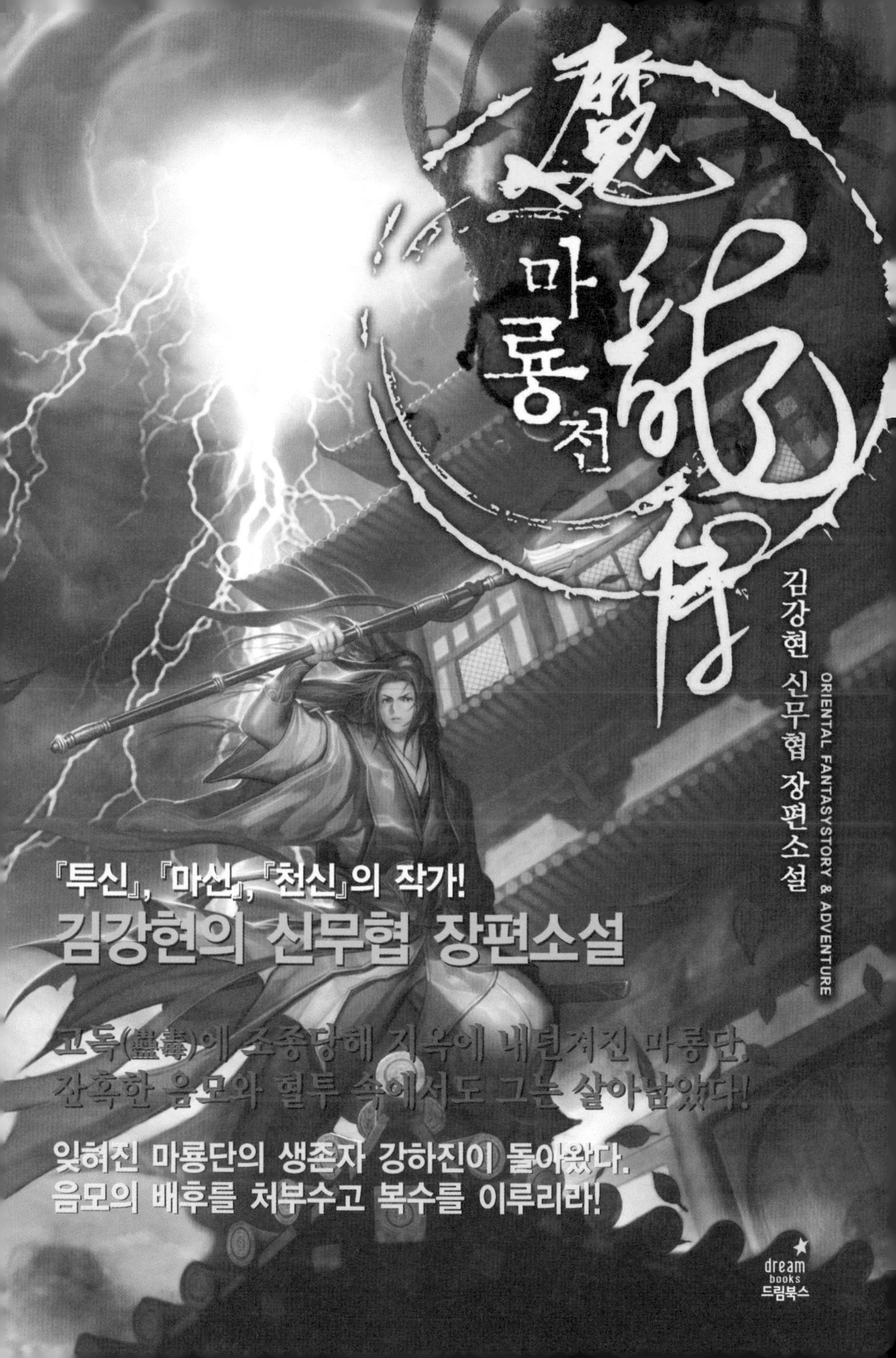
魔龍傳
마룡전
김강현 신무협 장편소설
ORIENTAL FANTASYSTORY & ADVENTURE
『투신』, 『마선』, 『천신』의 작가!
김강현의 신무협 장편소설
고독(蠱毒)에 조종당해 지옥에 내던져진 마룡단.
잔혹한 음모와 혈투 속에서도 그는 살아남았다!
잊혀진 마룡단의 생존자 강하진이 돌아왔다.
음모의 배후를 처부수고 복수를 이루리라!
dream books
드림북스

무협계가 주목한 작가
권인호 신무협 장편소설
天極之
권인호 신무협 장편소설
일류가 삼류에게 패하는 강호 초유의 사태.
모든 것은 한 소년이 쓴 무공서에서 시작됐다!
재미 삼아 쓴 23권의 얼치기 무공서.
세상에 나타나자마자 천하 무림에 파란을 일으키다!
dream books
드림북스